ゴールした花嫁

赤川次郎

角川文庫
11414

目次

花嫁の卒業論文

ゴールした花嫁

花嫁の卒業論文

プロローグ

冷たい風が首筋をなでて、紀子《のりこ》は目を覚ました。

とても寒い夜だった。この山間《やまあい》の町は、雪はほとんど降らないけれども、秋の終りの今ごろは冬のように冷える。

雨戸が開いたんだ。でも、どうして？

紀子はネルのパジャマで布団から抜け出すと、そっと障子を開けた。風が強い日は時々雨戸が外れてしまうことがあるので、気になったのである。

お父さんはすぐ風邪《かぜ》をひくから……。こんな冷たい風が入ってくると、体に良くないんだ。

暗い廊下は、七歳の女の子には少々怖い場所だったが、お父さんに風邪をひかせないことの方が大切だった。怖いのは何とか我慢できる！

しかし――雨戸は外れたのではなかった。開いているのだ。人一人、ちょうど通れるくらいの幅だけ、開いている。

泥棒？

紀子は本当に怖くなった。

「お父さん！　――お父さん！」

ガラッと障子を開けて、父の寝ている部屋へ入って行くと――。

布団は敷いてあった。でも、お父さんはいない。

どこだろう？　――紀子はキョロキョロと見回していたが、書きもの机の上に目を止めた。

原稿用紙やペンが置かれたその机に、封筒がのっていた。きちんと真直《まっす》ぐに置かれていた。

そこに書いてある二文字を、紀子は読めなかったが、それでも何だかいやな気持がした。

そして、廊下へ出ると、その開いた雨戸から表を見たのは、自分でもどうしてかよく分らない。無意識の行動であった。

風が木の枝を思い切り揺さぶっている。月明りが射したりかげったりしているのは、雲の動きが速いからだろう。

そして――紀子は見た。

お父さんが道を急いで遠ざかって行く後ろ姿を。

お父さん！　――お父さん！

紀子は、寒さも忘れて、そこから表に出た。サンダルは七歳の紀子には大きすぎたけれども、何とか歩ける。

外へ出てみると、さすがに寒くて震え上った。

でも、戻っていたのでは、お父さんに追いつけない！

紀子はお父さんを追って走り出した。大きなサンダルはバタバタと足を引張ったが、それでも何とか追いつこうと必死で駆けた。

風は紀子を押し戻そうとするような勢いで吹いていたし、道は危なかったが、それでも何とか転ばずに走り続けた。

でも――どこへ行くんだろう？

お父さんは今、いつも紀子に、

「あっちは危いから行っちゃいけないよ」

と言っている方向へと向っている。

「――お父さん！」

と、叫んでみても、その声は風にちぎれて飛んでしまう。

やがて――お父さんの姿が見えなくなってしまった。

月が黒い雲のかげに隠れて、辺りは真っ暗だった。紀子も先へ進むのが怖くて動けなかった。

音がする。――水の音。水が激しく落ちて行く音だ。

風がたまらなく冷たくて、紀子は手探りで先へ進んだ。木のかげにでも入ろうとしたのだった。

手が木の幹に触って、紀子はそこへ体を押し付けるようにして息をした。胸が冷たい空気を一杯吸い込んで痛かった。

でも――お父さんはどうしてこんな所へ来たんだろう?

また辺りが明るくなった。

紀子は、しっかりと木の幹にしがみついた。――目の前はもうほんの二、三歩で崖《がけ》になっていて、下は岩だらけの流れなのだ。

滝が、月明りに白く光って水音を響かせながら落ちるのが見える。

そして、そのとき――。

「お父さん……」

滝の手前に突き出た岩の上に、お父さんの姿が見えた。寝床から出たままの着物姿で、髪は風でかき回され、くしゃくしゃになっている。

「お父さん!」

紀子は精一杯呼んだ。

だが、その声にも気付く様子はなく、お父さんは岩の先へ進んで行く。

お父さん！　何するの？——やめて！　やめて！

「——お父さん」

必死で叫ぶと、初めてお父さんがハッと顔を上げた。聞こえた！

「お父さん！」

力一杯、手を振る。

だが——お父さんは紀子の方を見て、手を上げて見せただけだった。

そして岩の上を更に進んで——。

「お父さん！」

紀子の叫びは滝の音の中へ吸い込まれて行く。

そして——お父さんの姿は、岩から滝壷《たきつぼ》へ向って落ちて行った。

1　卒　論

「岬《みさき》……？」

と、塚川亜由美《つかがわあゆみ》は訊《き》き返した。「岬——何ていうんですか？」

「岬信介《しんすけ》。知らないでしょうね」

と、倉本《くらもと》そのみは微笑《ほほえ》んで、「私も、ついこの間まで知らなかった」

——大学のカフェテリア。

二年生、十九歳の塚川亜由美は、先輩で四年生の倉本そのみと冷たいシェークを飲みながら話をしていた。

六月の日射しはもう強くて少し汗ばむくらい。大学も新年度のあわただしさからやっと抜け出して、落ちついて来ていた。

「その人を卒論に選んだんですか」

「そう。——小説家でね。でも、地方の文壇で多少知られたくらいで、中央では全く無視されていたの」

と、倉本そのみはノートを開いて、「ま、三十五で死んじゃったんだから、仕方ないけど」

「天才は若死にするんですよね」

と、亜由美は肯《うなず》いた。「それで……私に何か？」

「うん」

と、先輩は言った。「卒論のために、夏休みにこの岬信介の住んでた所を訪ねてみようと思ってるの。塚川さん、一緒に行かない？」

「私、ですか？」

亜由美も、まさかそんな話と思わなかったので、当惑した。

「何か予定ある？　でも、夏休みの間、ずっと、ってわけじゃないのよ。一週間もあれば充分でしょ。生れた家とか、もし知ってる人がいれば話を聞いて」

「その人、死んでから——」

「十五年。十五年たつの」

「じゃ、知ってる人もいますね、きっと」

「そうね。相手の人のことも」

「相手？」

「岬信介って、女の人と心中したの」

と、倉本そのみは言った。「それで心がひかれたのよ」

「へえ……」

やっぱり変ってるわ。

この先輩、とてもおっとりしたいい人なのだが、とかく浮世《うきよ》離《ばな》れしている。

家が「凄《すご》い金持！」と神田《かんだ》聡子《さとこ》が興奮して言っていたが、いかにも「お嬢様育ち」の血筋のよさが感じられる。

「ね、塚川さんが一緒に行ってくれると、母も安心するの」

「え？」

確かに、文化祭のときだかに、母親に会ったことがある。

凄い（やたらとこの形容詞が出てくるが）毛皮のコートなどはおって、

「そのみがいつもお世話になって」

と、挨拶《あいさつ》され、焦ったものだ。

「母がね、『あの方と一緒なら、行ってもいい』って言ってるの」

「私となら？　どうしてですか？」

「強そうだし、しっかりしてるし、何があっても大丈夫って」

——用心棒ってこと、それ？

十九歳の乙女心は少々傷ついたのであった。

「そりゃ、倉本さんのお母さん、見る目がある！」

と、神田聡子が肯いて、「ね、ドン・ファン？　お前もそう思うでしょ？」

「ワン」

決して「ツー」とは言わないこのドン・ファン、亜由美の「愛犬」のダックスフントである。——「愛犬」と、あえて「」をつけたのは、ちょっと特別な犬だから。

「からかってりゃいいわよ」

と、亜由美はベッドにゴロリと横になった。

ここは塚川家の二階、亜由美の部屋。親友の神田聡子は年中ここへ入りびたっている。十九歳のうら若き女子大生が、いつもこうしてゴロゴロしているというのは、いかに二人がもてないかの証明でもある。

もっとも、亜由美の方は今、大学の谷山《たにやま》という助教授とお付合いしている。とはいえ、あまり進展らしきものは見られない様子。

「で、結局、どういうことになったの？」

と、聡子が訊《き》くと、

「ま、仕方ないでしょ。先輩のたっての頼みとあれば」

「何だ、行くんじゃない、やっぱり」

「そうよ。——聡子、行く？」

「どうして私がついてかなきゃいけないの？」

「別に行ってくれって頼んでるわけじゃないのよ。ただ、往復グリーン車で、向うじゃ温泉に入り放題、料理も最高のものばっかり、って旅はなかなかできないかな、とか思ってね」

亜由美の言葉に、聡子はガバと起き上り、

「何よ、何よ、それ！」

「ちょっと！　迫って来ないでよ！　私、谷山先生という立派な男の恋人がいるんだからね」

「迫ってないでしょ！　どうして温泉に入り放題なのよ！」

「だって、岬信介って作家がいたの、K温泉なんだもん」

聡子は床にきちっと正座すると、

「同行してあげてもいいわ」

「結構よ、忙しいんでしょ、聡子」

「クゥーン……」

「ドン・ファン！　何よ、お前まで」

「ドン・ファンも温泉が好きなのかね」

と、聡子は笑って言った。

「——じゃ、ちゃんと手伝ってよ」

と、亜由美が念を押す。

「もちろん！　でも——二人で行ってもいいの？」

「ワン！」

ドン・ファンが存在を主張している。

「——倉本さんがね、列車に乗るときは四人がいいって言うの」

「どうして？」

「座席、向い合せにしとくと、他の人と話さなくてすむでしょ」

「凄《すご》い理由ね」

「じゃ、私と聡子と——ドン・ファン？　あんたも行くの？」

「ワン！」

「ま、いいか。何かあったときは、命がけで守るのよ、私を」

「倉本さんを、でしょ」

「どっちも！」

と、亜由美は言った。

「——何なら、お母さんが行く？」

と、突然ドアが開いて、亜由美の母、清美《きよみ》が顔を出す。

「お母さん！　いきなり入って来ないで！」

と、むだと知りつつ、亜由美は文句を言った。

「あら、ごめんなさい。じゃ、一旦《いったん》閉めてノックするわね」

ここにも浮世離れしている人がいるのである。

「いいわよ！　何か用？　夕ご飯には早くない？」

「お客様よ」

「へえ。谷山先生？　なら、待たせといて。今行くって」

「違うわ。この方よ」

と、清美がわきへ退くと、

「や、お元気ですか」

と、人なつこい笑顔が覗《のぞ》いた。

「殿永《とのなが》さん！」

亜由美はあわてて起き上ると、「お母さん、どうして――」

「下で待っていただこうと思ったんだけど、今、お父さんがアニメを見てるの」

「あ、そう」

――亜由美の父、塚川貞夫《さだお》はれっきとしたエンジニアであるが、趣味が「少女アニメを見て泣くこと」。

確かにそこでは話もできまい。

殿永は大きな体をもて余し気味に、カーペットにあぐらをかくと、

「旅行の打ち合せですか」

「え？」

「K温泉。――いいですなあ！」

「は？」

亜由美は呆気《あっけ》に取られた。この部長刑事、これまでも何かと事件に巻き込まれる亜由美と、すっかり仲良くなっているのである。

「殿永さん」

と、聡子が言った。「もしかして、K温泉って、麻薬組織の秘密基地か何かなんですか？」

「どうしてそんな突拍子もないことを？」

「だって――」

「簡単です。倉本そのみという人の母親がやって来まして、『娘の身に万一のことがあったらよろしく』と」

「倉本さんのお母さんが？」

「亜由美さんと私が親しいことを、ちゃんと調べたようですよ」

「呆《あき》れた！　結婚相手でもないのに」

殿永は笑って、

「よほど大事な一人娘ですな。ま、あなたが一緒なら心配ないでしょうが」

「どうせ私のとりえは腕っぷしだけですよ」

と、いじけている。

「K温泉の駐在所へ連絡しておきます。ま、何ごともないとは思いますがね。のんびり温泉に浸《つか》って来て下さい」

「連続殺人でも起ったら、ご連絡しますわ」

と、亜由美が言うと――。

「実はですね」

殿永が真顔になって、「この七、八年の間にあそこで三人の若い女性が姿を消しているんです」

亜由美と聡子は顔を見合せ、

「――冗談でしょ？」

「本当です。死体も見付かっていない。ただ、姿を消しているんです。――いいですね。用心して下さいよ。あなたの行く所、事件ありですから」

「好きで係《かか》わってるんじゃありません！」

と、亜由美は抗議した……。

車のドアをパッと開けて、娘は夜の道へ飛び出した。

「──江利《えり》！　待てよ！」

運転席からあわてて出ると、沢木《さわき》浩二《こうじ》は呼び止めた。

「何よ」

と、娘が振り向く。

「送るよ、家まで。な？」

「結構よ！」

と、叫ぶように、「振った女を送り届けるのが趣味？」

「違うよ。──な、落ちつけって」

沢木は、周囲へ目をやった。

夜といっても、にぎやかな通りから少し入った辺りで、恋人たちが腕を組んで通って行く。

「もう放っといて」

と、矢田部《やたべ》江利は硬い表情で言った。「分ってるのよ」

「何が？」

「どうして私と別れたいか。――倉本そのみ。そうでしょ」

沢木がたじろいだ。

「どうして彼女のことを……」

「知ってるわよ。大金持の一人娘。可愛《かわい》くてね。私なんか比べものにならないでしょ」

江利は唇を震わせて、「――一生、恨んでやるから！」

と言うと、泣き出してしまった。

「おい……。人が見てるだろ」

沢木は困り顔で、「な、ゆっくり話そう。車に乗れよ」

「触んないで！」

と、沢木の手を振り離す。

沢木は、一見隙《すき》のないお洒落《しゃれ》なスタイルだけに、困って突っ立っていたりすると、おかしく見える。

「な、そう困らせるなよ。――じゃ、二人きりになれる所に行こう。な？」

江利はじっと沢木をにらんでいたが、

「じゃ、今夜は帰らないで」

と言った。「一緒に泊って」

「分った。そうするよ」

沢木は江利の肩を抱いて、何とか車の方へ連れ戻した。

中古の国産車。——倉本そのみと結婚したらポルシェにしよう、と決めている。

しかし、ポルシェの前には「邪魔者」が立ちはだかっている。——江利だ。

矢田部江利とはほんの遊びのつもりの付合いだった。しかし、江利の方はすっかり沢木と結婚するつもりになっていた。

ドジな話だ。今のところ、江利のことは倉本そのみに知れていない。もし知れたら……。

何しろ江利と寝たのは、そのみと付合い始めた後のことで、言いわけのしようがない。

だが、何としても、ポルシェを手に入れてみせる。

諦《あきら》める気はなかった。全くなかった。

「——どこへ行く？」

と、沢木は車のエンジンをかけて、訊《き》いた。

やさしい笑顔を作るのはお手のものだ。

「どこでも」

と、つい突《つっ》けんどんに答えて、「——あなたの好きな所でいいわ」

と、言い直す。

「分った」

沢木はゆっくりと車を広い通りへ出し、「——誤解してるぜ、江利。倉本そのみって、確かに大金持だけどな、とんでもなくわがまま娘なんだ。お前とは大違いさ。向うだって、俺《おれ》みたいな貧乏な遊び人、本気で相手にするわけない。そうだろう？」

「本当？　本当ね？」

江利は、しっかりと沢木の左腕にしがみついた。「捨てちゃいやよ！」

「おい、危いよ！　運転できないだろ！」

沢木は笑った。

「ごめんなさい」

と、江利も笑った。

結構、沢木は本当におかしくて笑っていたのだ。――殺してやりたい相手といても、人間は笑うことがあるのだと沢木は初めて知ったのだった……。

2 過去

「おい、可愛《かわい》い足してんじゃないの！」

舌のもつれた甲高い声を上げると、その酔った客は紀子の着物の裾《すそ》をパッとめくって、ふくらはぎをサッとなでた。

「キャッ！」

紀子は飛びはねるようにしてその客から離れた。だが、何しろ手にした盆にはビールが五本ものっていたのだ。

よろけた弾みに、三本が倒れ、どっと溢《あふ》れたビールが、あぐらをかいて酒をくみ交わしていた客の襟首へザッともろにかかってしまった。

「ワッ！」

と、その客が飛び上って、「何するんだ、こいつ！」

と、紀子の胸を突く。

紀子は後ずさって畳に足を滑らし、引っくり返ってしまった。むろん、ビールも全部畳の上に転がって、たちまちビールの池ができる。

「——太腿《ふともも》まで見えたぞ！」

と、声が飛ぶ。

「もう少し上まで見せろ！」

ドッと笑いが起る。

紀子は夢中で飛び起きると、広間から逃げ出した。

——もういやだ。もういやだ。

顔が火をふくように熱い。——よろけながら、誰《だれ》とも会いたくない、二度と人の前には出たくない、と思い詰め、ともかく階段を上って行く。

息を切らして、廊下にペタッと座り込んでしまうと、紀子は泣こうとした。思い切り声を上げて、泣こうとした。

でも——涙は出て来なかった。

泣けない。泣かないのでなく、泣けないのだ。

涙は十五年前に使い果してしまった。

ようやく下をバタバタと足音が駆けて行って、騒ぎになったらしい。

この旅館の女将《おかみ》さん——黒田忍《くろだしのぶ》が、さぞ今ごろは畳に両手をついて、謝っていることだろう。むろん、やったのは紀子だと知っているわけで、当然、その償いは回ってくる。

それは避けられない運命なのだ。

どうして——どうして放っておいてくれないのだろう。私は一人になりたいだけなのに。一人で、誰にも迷惑をかけずに、ひっそりと生きていたいのに……。

廊下で膝《ひざ》を抱え込んでじっとしていると、やがて階段を上って来る足音。

もう来てしまった。ほんの数分でも、そっとしておいてくれたら……。

もうだめだ。殴られるか、髪を引張られてあのお客の前まで引きずって行かれ、謝らされるか。

どれにしたって、逃げ道はない。

「何してるんだね?」

男の声にびっくりして顔を上げると、六十くらいか、湯上りの、タオルを手にした白髪の穏やかな紳士。

「あ……。すみません」

と、立ち上る。

「何もしてないのに謝ることはない」

と、その人は笑って言った。「君はここで働いてる人だね」

「はい……」

と、目を伏せて、「ちょっと——隠れてたんです」

「隠れんぼでもしてたのかね」

　そこへ、下から、

「紀子！　――紀子！　どこにいるの！」

　黒田忍の声が火の矢のように飛んで来た。

「――あれは君のことか」

「ええ……」

「何を怒ってるんだ。女将は？」

「私……宴会のお客にビールを出してて、足に触られたんです。逃げようとして、ビールを他のお客さんにかけちゃった……」

「そりゃ面白い」

　と、笑う。

「面白くないですよ。女将さんにぶたれるわ」

「なるほど。しかし、そのときの光景は、想像するだけでおかしいよ」

「そうですか？」

　と、恨めしそうに言う。

　そこへ、

「いたのね！」

　と、黒田忍が上って来た。「紀子！　あんたいくつになったと思ってるのよ。十や十二の子供じゃあるまいし、ちょっと足に触られたぐらいでビールをお客様にかけるなんて」

「かけたわけじゃありません。かかっちゃったんです」

つい、こうして言い返してしまうので、バシッと平手が飛ぶのである。

「まあまあ」

と、その紳士が中へ入って、「女将、その客のことは、私が償いをしよう。いくら払えばいいんだね？」

「まあ、大江《おおえ》様。お騒がせして申しわけありません」

「いや、そんなことはいい。女将さん、この子も悪気があったわけじゃない。大目に見てやりな」

大江と呼ばれた紳士は、穏やかに言って、「なあ、君もやはりひと言詫《わ》びてくることだ。なに、酔いがさめればそう悪い連中じゃないのさ」

「はい……」

と、紀子は消え入りそうな声を出す。

「この子は変ってるんですよ」

と、女将の黒田忍が言った。「ほら、あの小説家――岬信介の娘ですもの」

紀子は、頰《ほお》をポッと染めて、

「だからどうなんですか！」

と、むきになって言った。

「ほら、こうですからね、父親のことを持ち出されると」

分っていてからかっているのだ。――しかし、大江は笑わずに、紀子のことをじっと見つめて、

「君が、あの人の娘？　そうか」

と、肯《うなず》いた。「女将、そういう言い方は良くない。誰でも親や兄弟に一人や二人、あれこれ言われる者があるもんだ」

「ええ、まあ……」

「よし、じゃ、君、私の相手をしてくれ。軽く一杯やろう。――女将、酒と何か肴《さかな》を」

「はいはい、すぐに。――じゃ、よろしいんですか？」

「この子と少し話をしたい。下の客には弁償すると言っといてくれ」

「いえ、そんなこと……。ま、うまく言いくるめときますよ」

と、紀子の方へ向き、「大江さんにお礼申し上げるんですよ」

とひと言、トントンと階段を下りて行った。

「――ありがとうございました」

と、紀子は頭を下げた。

「ともかく、お入り」

大江は自分の部屋へ紀子を入れると、座布団を二つに折って、枕代《まくらが》わりに畳の上に横になった。

「——君も楽にしなさい」

「はい……」

「いつからここで働いてるんだ?」

「三か月ほど前からです」

「そうか。——ずっとこの町にいたわけじゃないだろう?」

「ええ。母の方の親戚《しんせき》の所にいたんですけど、何かと居づらくて」

と、目を伏せる。「父が好きだったこの温泉町へ戻ろうと思って、出て来たんです」

「そうか。——すると今は一人?」

「ここに住み込んでいます」

「君、いくつだね」

「二十……二です」

「二十二。——二十二か。お父さんが亡くなったときは……」

「七歳でした」

「十五年前。——そう、そうだね。もう十五年になる」

大江は天井へ目をやって、呟《つぶや》いた。

「父のことを……」

「むろん知ってる。──いや、君は憶《おぼ》えていないだろうが、あの家へ行ったこともあるんだよ。君はまだ三つかそこらじゃなかったかな」

紀子は嬉《うれ》しそうに微笑《ほほえ》んだ。

「そうですか！　でも──私、父のこともうよく憶えていません」

「そうだろう。七つではね。──しかし、君のお父さんは作品の中に残っている。そうじゃないかね？」

紀子の顔がやや寂しげにかげって、

「父の書いたもの、読んだことがありませんから」

と言った。

お銚子《ちょうし》が来て、大江は起き上り、とりあえず盃《さかずき》を空けると、

「君も飲むか」

と言った。

「いえ、全然やらないんです」

「そうか」

「大江さん。──一つ、うかがってもいいですか」

と、紀子は座り直した。

「父は……どうして……」

と言いかけると、突然紀子は前のめりに突っ伏して、呻《うめ》いた。

「どうした?」

びっくりした大江が腰を浮かす。

「頭が……頭が……痛い……」

紀子は両手で頭を抱え込むと、畳にこすりつけるようにして、呻き声を上げた。

「大丈夫か? ——君!」

大江が紀子の肩に手を置くと、紀子は飛び起きるようにして、大江に抱きついた。

「おい……。危いじゃないか」

危うく引っくり返りそうになるのを何とかこらえて、「落ちついて。——そうそう。もう大丈夫……」

と、紀子の背中を軽く叩《たた》く。

紀子は大江の胸に顔を埋《うず》めて、深く喘《あえ》ぐような息づかいを繰り返していたが、やがて穏やかになり、ゆっくりと顔を上げ、

「——すみません」

と、赤くなって離れた。

「もう大丈夫か？　どうしたんだね」

「頭痛がするんです、ときどき。でも、しばらくすると治ります」

「しかし、普通じゃないね」

「よく分りません」

紀子は首を振って、「父のことを考えてると、時々ああして……。突然ひどい頭痛が起るんです」

「お父さんのことを？」

大江は考え込んでいたが、「――じゃ、今夜はとりあえずお父さんのことは忘れて飲むことにしよう」

と、微笑んだ。

紀子も、大江の笑顔にごく自然に引き出されるように、微笑を浮かべたのだった。


「――K温泉？」

サングラスを外して、その男は言った。

「ああ」

沢木はグラスを軽く揺らして、「もう一杯、同じのを」

と、注文した。

バーの隅のテーブルは、薄暗くてサングラスなんかかけていたら何も見えなくなってしまいそうだ。

「またずいぶんクラシックな道具立てだな」

沢木と遊び仲間で、感じも似ている——ただし、沢木より大分太っている——山辺《やまべ》は、ニヤリと笑うと、「で、どうしろって言うんだ?」

「彼女がK温泉へ行く」

「どっちの彼女だ?」

と、山辺がからかう「——俺《おれ》は水割り」

沢木の払いというので、平気で頼んでいるのだ。

「むろん、倉本そのみさ」

「例のお嬢さんの方だな」

「四年生だからな。卒論のための取材だとさ」

「温泉の研究か?」

「違う。そこにいた何とかいう、聞いたことのない作家のことを調べるんだ」

「ふーん。それで?」

「そのみを追って、江利の奴《やつ》がK温泉へ行く。お前、向うへ行って、彼女を消してくれ」

山辺は少しの間太い首をめり込ませるようにして、沢木を見ていた。

「その『彼女』は矢田部江利のことだな？」

「むろんだ。——ありがとう」

新しいグラスが来て、沢木は一口飲んで息をついた。

二人はしばらく黙っていたが、

「——つまり、こういうことか」

と、山辺が言いかけると、

「よせ、繰り返すな。——分ってるだろう」

と、遮った。

「ああ、しかし……。ことがことだからな。江利がもし行かなかったら？」

「行くさ。俺が行かせる」

「それなら分った。もう訊《き》かねえよ」

山辺は楽しげに、「娘一人か。——難しい仕事じゃねえな」

「油断するな。それに、江利がそのみに会う前に片付けてくれよ」

「任せとけ。慣れたもんさ」

山辺は、少し考えて、「写真、あるか」

「これだ。——こっちの端に立っているのが江利だ」

「ふむ。なるほど」

「こっちが、そのみさ。――くれぐれも間違えるなよ」

山辺はその写真をポケットに入れた。

「じゃ、乾杯しよう」

と、沢木がグラスを掲げると、

「その前に、謝礼の方を決めとこうぜ」

と、山辺が言ってニヤリと笑った。

――温泉。山辺にとって、温泉という舞台が実は大きな意味を持っていたのである。


「――何、これ?」

と、聡子が新聞の切り抜きを亜由美から渡されて、「〈女子大生行方不明〉〈女子高生、姿を消す〉〈女子大生、謎《なぞ》の失踪《しっそう》〉……」

「見た通りよ」

と、亜由美はボストンバッグのファスナーをシュッと引いて、「やっと見付けたのよ、その記事」

駅のホームで、列車を待ってる二人――いや三人である。

ドン・ファンは窮屈な動物用のケースにおさまって、それでもむだな抵抗はしない主義なのか、ぐうたら眠っている。

「──倉本さん、遅いわね。もう来てもいいころだけど」

「来ないいんじゃない？　帰ろうよ」

「聡子──。友情の証《あかし》でしょ」

聡子はため息をついて、

「分ったわよ。もう一つふえるのね。〈またしてもK温泉に消えた女子大生二人！〉とかさ」

「ブラックホールじゃあるまいし」

と、亜由美は笑って言ってから、「ともかく、どうも倉本さんの母親のことも気になってるのよ。──娘一人、K温泉へ行けるのかどうか心配なら、やめさせりゃいいでしょ、普通」

「簡単よ」

と、聡子は言った。「金持ってのは普通じゃないの。それだけよ」

「──ま、言えてる」

と、亜由美は肯《うなず》いた。「列車の中で退屈しないように、週刊誌でも買って来る」

「そのお金も倉本さんとこから出るの？」

「ケチなこと言わないで！　ドン・ファンを見ててね」

と、ベンチを立って、売店へと小走りに急いだ。

まだ、列車はホームへ入って来ていないので、そうあわてることもないし、大体、肝心のそのみが来ていない。しかし、いつも呑気《のんき》な亜由美も、こういうことに関しては、割合せっかちなのである。

「――じゃ、これ」

と、お金を払って、週刊誌三冊、抱え込んだ亜由美はベンチへ戻ろうとして――、

「アッ!」

誰かとぶつかって、「ごめんなさい!」

何も自分だけが謝ることはないと思うのだが、つい言葉が出てしまう。

だが、相手の若い女は、謝る気などさらさらないようで、ジロッと亜由美をにらんでから足早に行ってしまった。

「――何よ、感じ悪い」

と、その後ろ姿に向って舌を出してやった(ほんの少しだが)。

そして亜由美がベンチへと戻って行くと、誰やらあわてて駆けて来て、後ろから突き当られた。

手から週刊誌が飛び出して落ちたが、文句を言おうにも相手は振り向きもせずに行ってしまう。

でも――ヤ、ヤ、ヤクザまがいのスタイルを見送って、

「文句言わなくて正解だったかも……」

と呟《つぶや》いた。

ベンチへ戻ると、倉本そのみが来ていたのはいいが……。

「列車だわ」

と、聡子が言って、立ち上った。

「どうぞよろしく」

と、そのみの母親が亜由美に挨拶《あいさつ》している。

「いえ、こちらこそ」

「お母さん、もう行って。――さ、亜由美さん、乗っちゃいましょう」

亜由美たち三人と一匹は、グリーン車へ乗り込んだ。

座席についても、まだ気が抜けない。

何しろ、ホームにはズラリと倉本そのみの母親を始め、わけの分らない人々が並んで見送っている。

「――早く出ないかな」

と、そのみが情ない顔で、「あんなんで見送られて、どこへ行くんだかね」

「大勢いるんですね、使用人が」

「違うの。トラよ」

「エキストラ。お母さんが雇ったバイトよ。お見送りの」

「トラ?」

「へえ……」

ベルが鳴って、やっと出発。

と、ホームに並んだ「トラ」たちが、一斉に、

「そのみさん、万歳、万歳!」

「お嬢様、万歳!」

とやり出した。

亜由美たちも真赤になってうつむき、ただひたすら列車が早くホームを離れてくれないかと祈っていたのである……。

3　壁

黄昏《たそが》れてくる空。

駅のホームに降り立った、亜由美、ドン・ファン、聡子、そして倉本そのみ……。

「ヒマそうだな」

と、聡子は言った。

「──さ、もうドン・ファンを出してやろ」

と、亜由美が鍵《かぎ》をあけてやると、ドン・ファンが眠そうに欠伸《あくび》をしながら出て来て、ホームを少しグルグルと回った。

駅から出たのは、列車の客の一番最後だろう。

「──倉本様でいらっしゃいますね」

と、着物姿の女性がやって来た。「〈S荘〉の女将《おかみ》をしております。ようこそおいで下さいませ」

「あの、私たちのことを……？」

「お母様からご連絡で。どうぞ、車が待っております」

やれやれ……。

亜由美は、今夜はもう出られないだろうし、こう待ち構えられていては何しに来たのか分らない、と思った。

旅館の名の入ったマイクロバスが、駅前で待っている。

「――さ、どうぞ」

運転手がスライド式のドアを開けて待っていた。

亜由美たちは、早速乗り込んだ。

「やっぱり涼しいね。――ドン・ファンはあったかそうでいいわ」

「クゥーン……」

ドン・ファンは自慢するように鼻を鳴らした。

「じゃ、よろしいですか？」

と、女将が声をかけ、ドアを閉めようとすると、

「あの――待って！」

と、若い女が一人、駆けて来る。

「何でしょうか？」

「あの……旅館、特に決めてないんですけど、部屋、ありますか？」

「はあ。お一人ですか？――じゃ、どうぞ中へ。ご一緒でよろしいですか？」

「もちろん」

と、そのみが肯《うなず》く。「少し詰めましょうか」

「いえ、まだ充分に――」

と言いかけた女将は、また、

「おい！」

と呼ばれて振り返ることになる。

あ、そうか。

亜由美は、今乗って来た女のことを、やっと思い出した。

東京駅のホームでぶつかった女である。

そして――後から声をかけて来て、やはり部屋を、と横柄《おうへい》な調子で言った男は、ホームで突き当られたもう一人の「ヤクザ風」の男。

結局、マイクロバスは亜由美たち四人に、その女と男の二人を加えて出発したのである。

助手席に座った女将は、振り向いて亜由美の方へ言った。

「お珍しいですね、大学生のお嬢さん方ばかりなんて。この温泉は、若い方の喜ばれるようなものがあまりございませんから。――どうしてこちらへ？」

「はあ」

と、そのみがおっとりと、「卒論の準備に、と思いまして」

「まあ、卒論？」

「はい。この温泉におられた、岬信介という作家を取り上げたいと思いまして」

――岬信介という名が出たとたん、女将がギクリとするのを、亜由美は見てとった。

そのみは気付かなかったかもしれないが、そこは亜由美、だてに事件に係《かか》わり合っては来ない。

間違いなく、女将は岬信介の名に心当りがある――いや、それ以上だろう。

「岬信介の住んでいた家とか、奥様の方とか、ご存知でしょうか？」

と、そのみが訊《き》くと、

「岬……ですか？ そういう名前の方は、さっぱり」

と、女将は首を振った。

「あら、そうですか……。でも、亡くなってまだ十五年ほどしかたっていないんですけど」

と、そのみはけげんな顔で、「じゃ、本名は別だったのかしら。――誰《だれ》か、小説を書いていて、この地方で有名だった方をご存知ありません？」

「さあ、どうですか」

と、女将は笑って、「この小さな町に、そんな人がいれば誰でも知っているでしょうけど。お嬢さんの勘違いではありません？」

「いえ、そんなことはありませんわ」

と、そのみは言って、「じゃ、明日でも町を歩いて訊いてみますわ。すみません」

「いえ、とんでもない。せっかくおいでになったのに、お役に立てなくて……。もうじき着きますから」

マイクロバスは山間《やまあい》の細い道を右へ左へカーブしながら走っていた。

やがて、谷川の流れが緩やかになった辺りに、両岸をズラッと旅館の建物が埋め尽くしているのが目に入って来た。

「温泉の匂《にお》いだ」

と、聡子は楽しそう。「一日十回は入るぞ！」

「ふやけちゃうよ」

と、亜由美は言ってやった。

マイクロバスは、岸沿いの旅館とは少し離れて建つ古びた和風の建物の前につけた。

「お待たせしました。——どうぞ」

女将が先に降りてドアを開けてくれる。

ともかく亜由美たちは広くて掃除の行き届いた玄関へ入って行ったのだが、

「——いらっしゃいませ」

ズラリと十五、六人も並んだ和服の仲居さんたちに一斉に挨拶《あいさつ》されて、亜由美たちはちょっとたじろいだ。

こういうところが日本旅館の良さというものだろうが、慣れない身には疲れる。

「——お部屋ですが、そちらのワンちゃんをお連れですので、恐れ入りますが、庭の離れをご用意いたしました。中はむしろ広いんですよ」

と、女将《おかみ》が上って、説明する。

「もちろん結構です」

と、そのみが言った。「どうもありがとう」

「いいえ」

——若い下働きらしい子が、

「お荷物を運びます」

と、やって来た。

が、そこへ、

「紀子さん」

と、女将の声が飛ぶ。「あんたはいいわ」

「でも……」

紀子、と呼ばれた女の子は戸惑った様子。

「いいの。あんたは少し休んでらっしゃい。今朝は早番でしょ? ——靖子《やすこ》さん、こちらのお荷物を離れに」

と、女将は指示して、「お夕食はお部屋へ運ばせますか？」

「いえ、食べに来ます」

「では、六時半以降でしたら、いつでもご自由に」

「わざわざどうも……」

亜由美は聡子と顔を見合せて、

「やぶへびだね」

と言った。「あの若い人をわざと外して。却《かえ》って何か知ってますって宣伝してくれたようなもんね」

「そうだね。でも――岬信介のことを、どうしてあの女将さんが隠すの？」

「知らないわよ」

ともかく、今は部屋へ落ちつくことの方が先決。

「一緒に乗って来た二人、面白かった」

長い廊下は寒々としていたが、こういう旅館の常として、後から後から建て増ししているので、クネクネと迷路のよう。それも上り下りの坂まである。

「あれ？」

と、亜由美が振り返って、「ドン・ファンが――。あいつ、きっとまた可愛《かわい》い女の子を見付けてついてっちゃったのよ。聡子、先に行ってて。捜して行くから」

と、声をかけて、急いで駆け戻って行く。

「──あ、いたいた」

廊下の奥の方、どうやら事務所らしいドアから中を覗《のぞ》いている胴長の姿が目に入る。

だが、今回に限っては（？）、ドン・ファンに謝らなきゃいけないことになったのだ。

「──じゃ、クビですか、私？」

という声が聞こえる。

さっきの娘だ。亜由美はドン・ファンの上からそっと顔を出した。

あの女将がソファにかけて、

「何もクビだなんて言ってないでしょ」

と、笑って、「少しお休みをあげようって言ってるのよ」

「でも、お休みは──」

「私もね、少し反省したの。あんたに辛《つら》く当り過ぎたかな、ってね。だから、一週間ほど旅に出てらっしゃい」

「旅、ですか……」

「私の仲のいい人が高原のロッジをやってるの。いい所なのよ。そこで羽根を伸ばしてらっしゃい。悪い話じゃないでしょ？」

いくらいい話でも――いや、いい話ほど、押し付けられては却って怪しいというものだ。

「――さあ、これ、おこづかい」

と、金まで握らされるに至っては、どう見たって、亜由美たちがここにいる間、その娘を遠ざけておこうという気持が見え透いている。

「――ありがとうございます」

「善は急げよ。今夜お発《た》ちなさい」

もうむちゃくちゃである。

「今夜ですか？」

さすがに、ちょっと強引と思い返したか、

「じゃ、明日の朝一番の列車で。いいわね？」

「――はい」

「ご苦労さん。今夜はもういいわよ」

「はあ……」

狐《きつね》につままれたような、とはこういう顔であろう。

亜由美とドン・ファンが素早くドアから離れると、その娘は首をかしげつつ出て来て、廊下をさらに奥へと歩いて行く。

亜由美は、少し間を置いてその娘について行った……。

「——ねえ、ねえ！」

亜由美とドン・ファンがガタガタと下駄《げた》の音をさせて離れにやって来る。

上ってみると、

「あ、どうも」

布団を敷いてくれているところ。

「あ——。あの、他の二人は？」

「もうお湯に入りに行かれましたよ」

「そうですか」

全く！　こっちが手掛りを求めて苦労していた（と言うほどでもないが）っていうのに。

あの二人と来たら。

——もっとも、亜由美だって殺人事件の捜査に来たわけじゃない。いつものくせでつい、

「何か重大な秘密が」とか疑ってしまうのである。

「——じゃ、仕方ない。私も行こう！」

と、タオルをつかんで、亜由美はドン・ファンの方へ、「あんたは残念ながら、お風呂《ふろ》場《ば》へ入れないのよ」

と言ってやった。

「ワン」

ドン・ファンは心外、という顔つきでひと声吠《ほ》えたのだった。

「――そのみさん、まだ入ってます？」

と、聡子が上り湯をかぶって訊《き》く。

「ええ、先に戻ってて。私、凄《すご》く長風呂なの」

そのみはのんびりと大浴場の熱いお湯に浸《つか》っている。

湯気が高い天井の辺りに渦を巻いて、水音が反響し、ふしぎな音をたてる。

少し硫黄《いおう》の匂《にお》いも漂って、いかにも温泉という気分である。

時間が少し早いせいか、そのみと聡子の他には、誰も人はいなかった。

「――じゃ、お先に出てます」

と、聡子は言った。「その内、きっと亜由美も来ますよ」

「ええ。ゆっくりしてくから、心配しないでね」

そのみは顎《あご》までたっぷりと湯に浸り、目を閉じた。

ガラガラと戸が開き、聡子が出て行ったようだ。

そのみは、家でも優に一時間はお風呂に入っている。温泉が大好き、というのも、卒論に岬信介を取り上げた理由――とまで言うのも変か。

熱いお湯が体の奥へしみ込んでくるようで、何だか時間に追われたり、テストで徹夜する暮しの垢がすっかり溶けて流れ出して行くようでもあった……。

けれど、むろんこんな小さな温泉町にも、愛も憎しみもあって、だからこそ岬信介は心中してしまったのだろう。

何しろ著名な作家ではないから、調べたくても資料がない。心中した相手の女性は〈俊《とし》子《こ》〉とだけしか分らなかった。

彼女がいくつだったのか、なぜ心中しなくてはならなかったのか、すべてはこれから調べるのだ。

岬の生き方が、作品にどれほど係《かか》わっているかは、また別の問題で、当然人と作品は別物という考え方もある。

ただ――岬信介の、活字になった数少ない作品の一つは、男女の心中の話で、そのみはその小説に心打たれて、彼を取り上げる気になったのである。

この旅館の女将《おかみ》の態度がおかしいことには、そのみも気付いていた。きっと岬信介のことを知ってはいるのだろうが、「心中した無名作家」なんて、町の恥でしかない、と思っているのだ。

どんな有名作家も、しばしば故郷では好感を持たれていない。そんなものなのだろう。

ガラガラと戸の開く音がした。

塚川さんかしら？　——本当にあの人って、変ってて面白い。
そのみにそう言われたくない、と亜由美なら思うだろうが……。
そのみは、ゆったりと体を伸ばして目をつぶっていた。その誰かがお湯に入って来る。
そのみは目を開けたが、濃い湯気を通してその女はぼんやりと浮かび上るだけ。
ま、別に誰だっていいんだけどね。——ここには大勢の客が泊るんだから……。
そのみはまた目を閉じて、その女がゆっくりと近付いて来るのに全く気付かなかった。

4　落ちた天井

「おはよう！」

と、亜由美は言った。「ああ、お腹空《なかす》いた！」

「元気ね、亜由美は」

と、聡子が呆《あき》れたように言った。

朝食のテーブル。――食堂は朝の光が射し込んで、まぶしいほど。

亜由美たちもかなり早起きだったが、もっと早い客もいて、あちこちのテーブルから、

「もう朝、二回も入ったよ」

といった声が聞こえてくる。

「――聡子、お風呂《ふろ》に入ったの？」

「うん。一回だけね」

と、朝食の盆が来ると早速食べ始めて、「そういえば、亜由美、今朝どこかに出かけた？」

「うん、ちょっとね」

と、亜由美は言った。「──あ、ドン・ファンに何か食べるもん持ってってやらないと恨まれちゃう」

「昨日の人、大丈夫だったかしら」

と、そのみが言って、「──あ、あの人だわ」

食堂へ入って来たのは、昨日、駅からのマイクロバスで一緒になった一人旅の女性。

「お風呂で溺《おぼ》れたっていう、珍しい人ね」

聡子の言葉に、

「シッ。悪いでしょ、そんなこと言っちゃ」

と、亜由美はたしなめた。

その女性は、そのみに気付くと、おずおずとやって来て、

「ゆうべは失礼しました……」

と、消え入りそうな声で言って、頭を下げた。

「いいえ、何でもありませんわ。もう大丈夫?」

「はい……。少しこぶができてますけど」

と、頭の後ろへ手をやって照れたように笑う。

「よろしかったら、ご一緒にいかが?　お一人でしょ?」

「でも……。いいんですか?」

「どうぞどうぞ」

と、亜由美は椅子《いす》を引いた。

「——すみません。あの——私、矢田部江利といいます」

亜由美たちも自己紹介して、

「あと、留守番してるダックスフントがドン・ファンといいます」

と、付け加えた。

「まあ、面白い名前」

と、矢田部江利は微笑《ほほえ》んだ。

朝食の盆が来て、聡子が張り切ってご飯をよそってやると、すっかり恐縮しているこの矢田部江利……。

むろん、沢木の恋人である。沢木を自分から奪おうとしている女、倉本そのみについてここへやって来た。

どうしようというはっきりした目的があったわけではないけれども、ともかくどんな女かそばで見たいと思ったのだ。

それが……。ゆうべ、この旅館に着いてひと風呂浴びようというので行ってみると、何と倉本そのみが一人で大浴場にいた、というわけである。

二人きり。しかも、江利がここへ入るのを誰も見ていない。

そうだ。――この女がもし足でも滑らせて頭を打ち、お湯の中で溺れ死んでしまったとしたら？

そしたら沢木は江利のものになる、この女さえいなければ。――この女さえ。

江利は、突然わき上ったその考えに、逆らうことができなかった。

もうもうたる湯気の中、江利は気持良さそうにお湯に浸《つか》っている倉本そのみの方へ近寄って行った。

思い切り、体重をかけてあの頭をお湯の中へ押し込めて沈めてやる。そうして、しばらく押えつけておけば……。

江利は、ゆっくりとお湯の中で立ち上り、両手を目指す女の頭へと――。

ところが、そのとたん、江利は滑る石のような物を踏みつけてツルッと足を滑らせてしまった。

アッと思う間もない。引っくり返ったとき、湯舟のへりに頭をもろに打ちつけて、気を失ってしまった。ズブズブとそのまま江利の体はお湯の中へ……。

そして気が付くと、脱衣所の床に寝かされて、覗《のぞ》き込んでいたのは倉本そのみ。

「良かった、気が付いて！」

何と、逆に江利の方が溺れかけて、そのみに助けられてしまったのだ！

江利の情ない気分は想像するに余りあるものだった。

「――お一人で旅行されるのがお好きなの？」

と、そのみが朝食を食べながら訊《き》いた。

「いえ……。そういうわけでも」

まさか、あんたを殺しに来たのよ、とも言えない。大体カッコ悪くて！

「私たち、岬信介のことを調べに来たんですよ」

「岬……？」

「作家。でも、ベストセラーとは縁のない人で、この温泉町にいたんです」

「はあ……」

「そのことなんですけど」

と、亜由美が口を挟んだ。「私、朝ちょっと出かけて来まして。岬信介の住んでた所っていうのを、聞いて来ました」

「まあ、凄《すご》い！」

そのみが目を丸くして、「さすがは塚川さんね。この人、今までに殺人事件とかいくつも解決している名探偵なの」

と、江利の方へ「注釈」を加える。

「はあ……」

江利が今さらのように青くなった。

「それじゃ、食べたら出かけよう」

と、聡子が言った。「亜由美は少しは役に立つね」

「何よ！」

二人でやり合っているのを見る内に、江利は笑い出してしまっていた。そして——何だか、倉本そのみを殺そうという気分にはとてもなれそうになくなったのである。


「——もう誰《だれ》も住んでなかったのね」

と、そのみが言った。

明るい日射しの中、その家は「荒れ果てる」という言葉がまことにぴったりくる状態だった。

雨戸は外れ、ガラスは割れて、天井さえあちこち穴が開いている。

「ガラスの破片、踏まないでね」

と、そのみが言った。「でも、ともかく岬信介が住んでた所なんだわ！」

「中へ入ってみましょ」

亜由美が、外れた戸を適当にどかして中へ入った。ノコノコとドン・ファンがついて来る。

「——雰囲気あるわね」

と、亜由美は言った。「心中した二人のお化けでも出るかしら」

「ワン」

「冗談よ」

そのみと聡子も上って来る。そして——矢田部江利も。結局、ついて来てしまったのである。

「——でも、勝手に入っていいのかしら?」

と、そのみが言った。

「勝手じゃありません」

と、亜由美は庭の方へ目をやって、「あの人の許可を得てあります」

「あら、あの人……」

「旅館にいた人ね」

と、聡子が言った。

その娘は、庭に立って頭を下げた。

亜由美が言った。

「亡くなった岬信介のお嬢さん、紀子さんです」

「——女将《おかみ》さん、お電話です」

と呼ばれて、黒田忍は、とりあえず、

「はいはい」

と返事をした。

ともかく忙しい——というより、忙しくしているのが好きな性格である。

駆けて行って電話に出ると、

「——はい。——もしもし？」

向うは何も言わなかったが、忍には分った。「あなたですね」

少し荒い息づかいが聞こえた。

「もう勘弁して下さいな」

と、声を低くして、「私だって、これ以上は——」

「何も言うな」

と、その声は言った。「女が三人、来ているな」

「三人……。ええ、犬が一匹と」

「そんなことはどうでもいい。——若い女たちだな」

「ええ。でも——」

「誰か一人、離して連れて来るんだ」

「だけど……。他の子たちが怪しみますよ」

「お前が心配することはない」

と、その声は言った。「いいな、お前はいやとは言えない立場なんだぞ」

忍の顔が曇った。

「分りましたよ。じゃ、何とかして……」

「連絡を待ってるぞ」

電話が切れた。——忍は難しい顔で受話器を戻すと、

「女将さん、すみません」

と呼ぶ声に、

「はい！」

と、すぐにいつもの明るい声に戻って駆け出して行った。

「——父は出て行きました。風の強い夜で、木の枝がちぎれて飛びそうになっていたことを憶《おぼ》えています」

と、紀子は庭から道の方を見ながら言った。

「おいくつだったんですか」

と、そのみが訊く。

「七つでした」

「七つ……。じゃ、それまではお二人で?」

「母がどうしたのか、私もよく知らないんです。物心ついたころは、もう母はいなくて、父と二人でここで暮していました」

と、今は廃屋となった家を見上げた。「ずいぶん久しぶりです、ここに来たのは」

亜由美は、ドン・ファンがさっきから床下を覗《のぞ》いている様子を見ていて、気にしていた。

――どうも、ただ面白がっているとも思えなかったのである。

「お父さんは心中なさったってことですけど――。俊子さんという方と」

そのみの言葉に、紀子は少し困った様子で、

「ええ……。そういうことになっていますけど……」

「なっている?」

「私――ともかくまだ七つでしたから、俊子さんという女性と父の間に何があったのか、俊子さんがどういう人だったのか、知らないんです」

「姓は?」

「さあ……。父の死後、私はしばらくこの町を離れて、親戚《しんせき》の所で育てられていたんです。みんな父のことは口にしなかったし、私も訊きませんでした。――俊子さんという人のことも、さっぱり……」

「そうですか。――じゃ、この町へ戻られたのはいつごろ?」

「まだこの何か月かです」

と、紀子は言った。「親類の家でもお手伝いさん同然でしたから、いやになって。――それであの旅館に住み込みで働くことになったんです。今は大江さんが色々面倒をみて下さって」

「大江さん？」

「ええ。この町一番のお金持で、町外れにお家があるんですけど、時々あの旅館に泊りにみえています」

紀子は、ちょっと落ちつかない様子で、「女将さんは、私が町を出るようにしたかったんですね」

「そのようですね。塚川さんがあなたを駅で捕まえてくれなかったら――」

「でも、行かなかったことが分ったら、きっと女将さんが怒るわ」

「その点はご心配なく。私たちのせいですもの。きちんとご説明します」

と、そのみは言った。「でも、どうしてあなたを遠ざけようとしたんでしょうね」

「この町では、父のことは話せないんです」

「なぜ？」

「さあ……。私も知りません。でも、なぜだか、みんなが避けているように感じますわ、私のこと」

紀子は首を振って、「きっと何か
あったんです。父とこの町の人たちとの間に」

「その――大江さんという方も、話して下さらないんですか」

そのとき、ドン・ファンが吠《ほ》えた。

「どうしたの?」

亜由美がドン・ファンの体をなでて、「床下が気になるみたいね」

ドン・ファンがノコノコ入って行くと、すぐに何かをくわえて出て来た。

「何よ。――クモの巣くっつけて!」

と、顔をしかめる。「これ……」

ドン・ファンがくわえていたのは、ひどくくたびれてちぎれた布で、レースの飾りらしいものがついていた。

「――何?」

と、聡子が覗いて、「ハンカチ?」

「ハンカチじゃないわ。――これ、きっとブラウスの襟の切れ端だわ」

「そういえばそうか」

――二人は顔を見合せた。

ブラウスの切れ端がどうしてこんな床下に?

亜由美はいやな予感がした。

「——どうかした?」

と、そのみに訊《き》かれて、

「いえ、大したことじゃないんです」

と、あわててその布を手の中に握りしめる。

「——大してお役に立てなくて」

と、紀子は言った。

「そんなことありません。お父さんの書かれた原稿とか、蔵書とかはどうなったか、ご存知ありませんか?」

「たぶん……。はっきりは分りませんけど、町役場にあるんじゃないかしら」

「行ってみますわ。ありがとう」

と、そのみは礼を言った。

紀子は、道の方を気にしながら眺めていたが、

「私——この道を駆けて行ったんです」

と、独り言のように言った。「父を追いかけて」

「お父さんと俊子さんを、でしょ?」

「いえ……。父は一人でした」

そのみは当惑して、

「でも——」

「そうなんです。今でもそれがふしぎで……。私、父が崖《がけ》から身を投げるのも見ていました。——今まで誰にも言ったことがないんですけど。見ていたんです」

「それじゃ、心中というのは——」

「父は一人で飛び込んだんです！　私は、七つでしたけど、よく憶《おぼ》えています。父は一人だったんです」

思いもかけない紀子の話に、そのみも亜由美たちもしばし言葉がなかった。

そのとき、ドン・ファンが吠えた。

ガリガリと何かのこすれる音がして、屋根から瓦《かわら》が落ちて来た。

「危い！」

と、亜由美はそのみを押しやるようにして建物から離れた。

屋根の一部が腐っていたのだろう、家の中で、瓦が天井に落ち、その重みで天井がバラバラと落ちた。

「ひどい埃《ほこり》！」

と、聡子が咳《せき》込《こ》む。

ドドッと砂埃が舞い上って、家の中に煙のように広がる。

「危いわ。中へ入らない方が——」

と、そのみが亜由美を止めた。

「入りたいわけじゃないんですけどね」

と、亜由美は言った。「でも、気になることが――」

ともかく埃が風に吹かれて散らされるのを待つしかなかった。

「――私、もう行かないと」

と、紀子が言った。

「待って下さい！」

と、亜由美が言った。「もう少し待って。もしかすると……」

「何のこと？」

亜由美は、埃が消えると、足下に用心しながら、家の中へ入って行った。

天井が無残に落ちて、上から柱や板がぶら下っている。

しかし、亜由美の目は、床へ折り重なるように落ちている天井と瓦の方へ向いていた。

その中から覗いているのは、どう見ても……。

「亜由美……」

と、聡子が言った。

「聡子、旅館に戻って、殿永さんへ電話して」

と、亜由美は言った。

「何て言えばいい？」

「行方不明の女の子の――死体らしいものを見付けましたって」

ほとんど白骨化した手が、落ちた天井の下から覗いていた。

覗いて、紀子が息をのむ。

「こんな廃屋にね。――でも、誰がこんなことを……」

亜由美は抜けた天井と屋根から覗く青空を見上げた。ひどく場違いなほど、青空は鮮やかな色をしていた。

「――大変なことになるわね」

と、そのみが言った。

「倉本さん、紀子さんと一緒に旅館へ戻っていて下さい」

と、亜由美は言った。

聡子は一足先に駆けて行っていた。

「でも……」

「私はこういうことに慣れてるんです。厄介ごとに巻き込まれたら困りますから。――ドン・ファン。あんた、お二人について行きな」

「ワン」

矢田部江利も、何がどうなっているのか分らなくて、呆然《ぼうぜん》としている。

「私一人でここは大丈夫。――行って下さい」

と、亜由美は言った。「じき、町中が大騒ぎになりますよ。紀子さんも、女将《おかみ》さんに叱《しか》られる心配なんかしなくていいでしょ、きっと」

ドン・ファンが付添って(?)、そのみたちが急いで立ち去ると、亜由美は改めて庭へ出て、その古びた家を見上げた。

そして――ふと視線を感じた。

誰かがこっちを見ている。その視線には、亜由美をゾッとさせる何か、があるような気がした……。

5　大騒ぎ

何だよ、全く！

——山辺は誰《だれ》に向ってこぼすわけにもいかなかったが、それだけに一人、苛々《いらいら》と旅館のロビーを歩き回っていた。

一人旅のはずだったのに、どうしていつもああして連れ立ってるんだ？　話が違うじゃねえか。

大体、沢木の奴《やつ》、自分は手を汚さないでスンナリと大金持の娘と結婚しようってのが虫のいい話だ。俺《おれ》に人殺しまでさせようってのに、礼金は、

「とりあえず今は払えないけど、あの女と一緒になったら、ガッポリ入るからさ。そしたら俺、ポルシェにすっからさ、車。今乗ってる車、お前に安く——いや、タダでやるよ！　な！」

と、来たもんだ。

ケチ、としか言いようがない。といって、それで引き受けて来ちまった俺も俺だけどな。

——どっちもどっちである。

山辺は、沢木の前では「ワル」ぶってしまうのだが、実際のところ人殺しなどしたこともない。

つい見栄を張って、「やってやる」と引き受けたものの、人はなかなか一人にならないものだということを知ったところだった。

山辺が殺すことになっている矢田部江利は、沢木の恋人、倉本そのみたちの一行と、なぜだか一緒に出歩いたりしていて、ちっとも「人気《ひとけ》のない山中を一人で歩く」なんてことをしてくれないのである。

今も、旅館へ帰って来たが、倉本そのみと一緒で、しかも何だか妙に胴長の犬（当人が聞いたら怒るだろう）もくっついている。

「――埃《ほこり》になったわね。お風呂《ふろ》にザッと入りましょう」

倉本そのみがそう言って、山辺がロビーにいると、二人は大浴場へと行ってしまった。

殺す相手が男なら、風呂にのんびり浸《つか》っているところをやっつけることもできるだろうが、相手が女とあっちゃ、そうもいかない。

女湯に忍び込むなんて芸当は、とても山辺には無理な話なのだ。いくら変装したって、太っている山辺は、とても女に見えないだろう。

しかし、さっきから、いやにバタバタしてるな。どうしたっていうんだ？

することがなくて、仕方なくロビーのソファにぼんやり座っている山辺は、人があわただしく出入りしているのに気付いていたのである。

すると――矢田部江利がタオルを手にスッとロビーを通り抜けて行った。一人で。

一人？　一人なのか？

山辺は、廊下の方を覗《のぞ》いて、誰も後から来ないことを確かめた。

今、江利は一人で部屋へ戻ろうとしているのだ！　――山辺は、ともかくこのチャンスを逃すまいと急いで後を追って行った。

江利は階段を上って行く。そう、あいつは一人で泊っている。このまま ついて行って、部屋へ入ろうとするところへ駆け寄り、そのまま中へ押し込んで……。

うん、それがいい。

考えてみれば、そう簡単にいくかどうか怪しいものだが、このときの山辺には、いともたやすいことに思われた。

バタバタとスリッパの音をたてて、江利が階段を上って行く。山辺はあまり近付きすぎても危いと思い、適当に間を空けて上って行ったが――本当は、その方が危かったのである。

というのは、一旦《いったん》二階まで上った江利が、

「――あ、いけない。頭のピン、お風呂場に忘れて来ちゃった」

というので、戻ろうとしたのである。

階段を急いで下りようとして――上って来た山辺と顔を突き合せてしまった。

ぶつかりそうになって、江利もびっくりしたが、山辺の方はもっとびっくりした。相手が自分の上って来るのを待ち構えていたのかと思って、とっさに逃げ出そうとしたのである。しかし、階段の途中で向きを変えて逃げるというのは難しい。山辺は、階段を踏み外した。

「あ……」

と声を上げたのは江利の方で、山辺がみごとに階段を下まで転がり落ちて行くのを、呆《ぼう》然《ぜん》と見ていたのだった……。

「──町中、大騒ぎですな」

と、急に背後で声がして、亜由美はびっくりして振り返った。

「殿永さん」

と、目を丸くして、「どうしたんですか？　魔法でも使って、ホウキにまたがって飛んで来たとか？」

午後、まだ日は高く、聡子が連絡を入れてから数時間しかたっていないはずだ。

亜由美は、また岬信介の住んでいた家にやって来て、地元の警官が〈立入禁止〉の札を下げたロープをめぐらせるのを眺めていたのである。

殿永は、別にちっともあわてて来たという風ではなく、

「私の乗れるホウキというと、宇宙ロケット並みの大きさでないと、この体重を支え切れ

んでしょうね」

と、真面目《まじめ》くさった顔で言った。「なに、大したことではありません。別の事件の捜査について、打ち合せることがあって、近くのN市まで来ていたのです」

「そうだったんですか？　良かった。一人じゃ心細くて」

「おやおや」

「本気にしてないでしょ」

と、亜由美は殿永をにらんで、「──でも、確かに行方不明になった三人かしら」

「今、家族がこちらへ向っているはずです」

殿永は、亜由美を促して、「入りましょう」

と、ロープを持ち上げてくぐり、家の庭へと入って行った。

警官に殿永が声をかけ、亜由美も特別扱いで、家の中へ入ることができた。何といっても、亜由美もここではただの観光客で、殿永についていなければ、怪しまれるだけだろう。

「──なるほど」

殿永は、崩れ落ちた天井の隙間《すきま》に覗く白骨死体のそばへ行ってかがみ込む。「どうやら一体じゃない。二、三体はありますな。行方不明の三人という可能性は高いでしょう」

「でも、どうしてここに？」

と、亜由美は言った。「いえ、隠すのはともかく、三人も姿を消しているのに、ここを捜さなかったんでしょうか？」

殿永が答える前に、誰かの足音がして、

「そのことについては——」

と、声がした。「私がお答えしましょう」

白髪の紳士は、大江と名のった。

「ああ、紀子さんがお世話になってる……」

「この町の昔からの住人として、こんな出来事は全く残念なことです」

と、大江は亜由美たちの所までやって来た。「しかし、ここは温泉町です。温泉を楽しみにおいでになるお客さんたちがいなくなっては、町は成り立ちません」

「それはよく分っています」

殿永は肯《うなず》いた。「しかし、こうなると、マスコミを締め出すわけにもいかんでしょう」

「むろんです。——ただ、行方不明になるという事件があったとき、町の者たちはそれを否定しようとした。けしからんことと思われるでしょうが、もし、この町で若い娘が姿を消してしまうという話が大げさに報道されたら、どうなったでしょう？　おそらくこの町への客足はパッタリと止り、町の旅館は次々に潰《つぶ》れてしまったでしょう」

大江は、白骨死体の方へ目をやって、「気の毒なことだ。私も町の住人の一人として責任を感じます。しかし、分ってやって下さい。町の者は、『信じたくなかった』のです」

「分りますよ」

と、殿永が肯く。「本当の解決はただ一つ、犯人を見付けることです」

「同感です。どうかよろしく。できる限り、お力になります」

大江はふと振り向いて、「——何だ、紀子じゃないか。こっちへおいで」

紀子が庭の外に立っていた。大江に手招きされて、おずおずとロープをくぐって入って来た。

「——岬紀子です。あの作家の娘ですよ」

と、大江は紀子の肩を抱いた。

「あの……大江さん。こんなことをしたのは、父でしょうか？」

紀子が怯《おび》えたように訊《き》く。

「何だ、そんなことを心配してたのか。それは心配ない。この町で若い娘が行方不明にな
ったのは、この七、八年のことで、親父《おやじ》さんが亡くなったずっと後だ」

そう聞かされて、紀子はホッとした様子で、

「ああ良かった！　どうしようかと思ってた」

と、胸に手を当てた。

「でも、どうしてそんな心配を？」

と、亜由美が訊いた。

「まさか、とは思ってましたけど、父のことを町の人が話したがらなかったり、私も何となく、避けられているのを感じてたんで……。何かあるんだろうな、って思ってたんです」

「苦労性だな、紀子は」

と、大江が笑って言った。

「しかし、大江さん」

と、殿永が改まった口調で、「直接この事件とは関係ないかもしれませんが、岬信介の死について、私も興味があります」

亜由美には、殿永の言葉はちょっと意外だった。

「何をお知りになりたいのですか？」

「岬信介は心中したことになっていますが、遺書はなかったのですか」

「見当りませんでした」

と、大江は首を振った。「私どもも捜したはずですが、どこにもなかったとのことでした」

急に、

「ワン！」

と、犬の吠《ほ》える声がして、亜由美は、飛び上りそうになった。

「ドン・ファン！　何よ、だしぬけに」

と、いつの間にやら庭先にいる愛犬（？）の方をにらんだ。

「そころで、岬信介と心中した女性のことですが」

殿永の言葉に、大江はちょっと警戒するような視線を向け、

「そのことは、三人の娘さんの行方不明の件とは関係ないのでは？」

「確かに。しかし、事件は思いもかけないことから解決することもあります。そのための材料は多ければ多いほどいいのですが」

殿永はもう知っている。長い付合いの亜由美にはそう思えた。

大江は、チラッと紀子の方を見たが、

「分りました。――この子にも、いつか分ることだ」

と、息をついて、「岬信介と死んだのは、大江俊子。私の娘でした」


空気が震えて、亜由美の足下の岩を揺るがしているようだ。

細かい霧のようなしぶきが、顔にひんやりと貼《は》りついてくる。滝はたっぷりとした水量で地を掘り下げるような勢いで落下していた。

「――お父さんは、ここから？」

と、水音の中で、少し大きな声を出した。

「はい。ここだと思います」

と、紀子は肯く。

「あなたはどこから見てたの?」

「あの――」

と、木立ちの方を指さして、「木の間からです。間違いないと思います」

亜由美は、足下を覗き込んだ。

少し宙へせり出した格好の岩からは、青緑色の水が滝の起す波と白い泡に揺らいで見える。

「――濡《ぬ》れてしまうわね。戻りましょう」

亜由美は、紀子とドン・ファンを連れてここへやって来たのだ。

ドン・ファンは、よほど濡れるのがいやなのか、少し手前で待っていた。高所恐怖症かもしれない。

「この犬がさっき吠えてくれて……」

「え?」

「私、言いかけたんです。でも、この犬のおかげで黙っていました。『言っちゃいけない!』って、この犬に言われたような気がして」

「何のことを?」

紀子は、あの廃屋の方へ目をやると、

「私、あの晩、見たんです。机の上に、封筒があって、そこに二つの文字が書かれていたのを」

「二つの文字……。もしかして、それ――」

「七つでしたから、〈遺書〉と書いてあったのかどうか、憶《おぼ》えていません。でもそのときの状況から考えると、きっと……」

「じゃ、誰かが隠したということかしら」

「分りません。――なぜ隠したりしたんでしょう？」

亜由美は少し考え込んでいたが、

「お父さんの原稿とか、町役場にあるって言ったわね」

「たぶん、ですけど。誰かがチラッとそんなことを言ってるのを耳にしたようで」

「行ってみましょう。殿永さんの名前を出せば、何があっても大丈夫」

紀子はすっかり憧《あこが》れの目で、

「亜由美さんって、度胸がいいんですね！」

無鉄砲なだけ、と思ったが、何も自分で訂正する必要もないだろう。

「まあね」

と、亜由美が肯《うなず》くと、ドン・ファンが、

「ワン」

――これは、賛成したのか、からかったのか。

6　隠された事実

「疲れた……」

と、黒田忍はいつもの通りこぼしていた。「肩も腰も痛いよ。もう年齢《とし》ね」

「女将《おかみ》さん、今、案内所から電話で」

と、仲居の一人が顔を出す。

「ああ、団体さん、着いたって？――困ったもんね。とんだニュースが流れて、キャンセル続出ってことになんなきゃいいけど」

と、椅子《いす》にかけたまま、首を左右へかしげて肩の痛みを確かめる。

「そうじゃないんです。問い合せが殺到してて、電話がパンクしそうなんだそうで」

黒田忍は目をパチクリさせて、

「問い合せ？」

「旅館の予約申し込みで、TV局とか、雑誌とか週刊誌とか。――うちで何人くらい引き受けられるかって訊《き》いて来てます」

忍は目を輝かせて立ち上ると、電話へと走った。

「——もしもし！　——ああ、私よ。——ええ、そりゃ何百人でも、って言いたいところだけどね。——今、予約を見るから、待ってね」

台帳をくって、「今夜なら、あと三十人は大丈夫。——ええ、二人で一部屋使っていただかないとね。もちろん、三人でも四人でも。——ええ、じゃ、連絡して！」

まるで夢みたいだった。

「——そうよ！　これがチャンスだわ。この温泉の名が日本中に知れ渡るのよ！」

と、誰に話しかけるわけでもないが、大声で叫んでいるので、みんなびっくりしている。

「ちょっと！　——私、ひと風呂《ふろ》浴びてくるからね」

と、声をかけ、「今、閉まってるわね」

「はあ。あと一時間で開けます」

「じゃ、ザブッと浴びてくる。台所に、今夜あと三十人分、材料仕入れとけって伝えて！」

忍は小走りに廊下を大浴場へ急いだ。

思いもよらない展開だ。てっきり人が寄りつかなくなると思ったのに……。

「変な世の中ね。——ま、ありがたいけど」

と、ひとりごちて、〈女湯〉の戸をガラリと開ける。

夕方まで、一旦《いったん》閉めて掃除をする。それもすんで、大浴場はいやにシンと静かだった。

忍は、熱いお湯に浸《つか》って、大きく息をついた。——稼ぎどきだ。

こんな田舎の温泉では、しょせん頑張ってもたかが知れている。今はマスコミの時代、宣伝の時代である。

この事件のニュースが全国に流れる。ニュースの時間だけでなく、きっとワイドショーとかのレポーターもやって来る。

そのスタッフだけで結構な人数になるだろう。しかし、K温泉の名が全国に広まる効果たるや……。

しかも、この宣伝はタダと来ている。

そうだ、少し若い人向けに、カラオケの機械も新しくしよう。ここで客を呼ばなきゃ、商売人じゃないわ！

何だか、急に肩こりも腰痛もふっとんでしまったようで、忍は張り切っていた。

が——せっかくの張り切りぶりも、空《むな》しかったのである。

ゆっくりと戸が開いて、誰かが入って来た。

ヒヤッとした空気が首筋に感じられて、忍は振り向こうとした。

そのときには、もう振り上げられた手おけをよける間もなかった。——何度も何度も、水しぶきを上げて、手おけは忍の頭を打ち続けた。

「――大丈夫ですか？」

と、江利は言った。

「もう何ともねえよ」

と言いながら、山辺は足下がふらついて、

「危い！」

と、江利に支えられて何とか倒れずにすんだ。

実際、危かった。――何しろ、階段から滑り落ちて完全に気絶。意識は取り戻したものの、まだクラクラしていた。

見栄を張って、

「散歩に出る」

と、旅館の下駄《げた》をはいて出かけた山辺を、江利は心配して追いかけて来たのだった。

しかし、山辺としては立場がない。

人に頼まれたとはいえ、殺すはずの当の相手から介抱されるというのは、情ない話である。

「誰も頼んじゃいないだろ！」

と、強がって、「一人で行きたいんだ。放っといてくれ！」

と、江利の手を振り払って町の通りを歩いて行く。

しかし、温泉町の常で、道はかなり高低があって、坂もあれば二、三段の石段もある。

急いで歩こうとする山辺は、つい足下を確かめずにけつまずいて、

「ワッ!」

と、転びそうになる。

その度に、江利が駆けて来て、

「大丈夫ですか?」

「何でもない!」

と、同じやりとりのくり返し。

山辺は、苛々《いらいら》して、

「ついて来るなと言ってるだろ!」

と、江利を怒鳴りつけた。

「でも……」

江利もさすがにムッとして、足を止める。

二人して往来でにらみ合っていると、

「ごめんなさいよ」

と、荷物をしょったお婆《ばあ》さんが二人の間を割って、「ふう」と息をつくと、大分曲った腰を精一杯伸ばして、山辺と江利の顔を交互に眺め、

「——ははあ」

と言った。

「何が『ははあ』だよ」

「よくいるんだ、あんたたちみてえのが」

「何が」

「ハニムーンに来て、ケンカばっかりしとる若いもんが」

カッカッと声をたてずに笑って、「大丈夫だよ」

「大丈夫って、何のこと?」

と、江利が訊《き》く。

「見りゃ分るんだよ。年寄りの目にゃ狂いはねえ。おめえさんたちゃ、うまくいく」

「へ?」

「ちったあ、我慢する稽古《けいこ》をしな。今の若いのは我慢ってこと、知らねえ。——悪いこたあ言わねえから、仲直りして、今夜はせっせと可愛《かわい》がるんだな。明日は二人で手つないでこの道を歩いてるさ」

と言って、そのお婆さん、またカッカッと笑うと、「——さて、行くかね。お邪魔さん」

と、荷物を背に、よっこらしょと弾みをつけて、坂を上って行く。

——ポカンとしていた山辺と江利は、同時に互いを見て、

「何を勘違いしてやがんだ、あの婆さん！」

「ねえ。――ハ、ニ、ム、ー、ン、だって」

江利は、急に真赤になった。「私たちが新婚さんに見えるなんて、変よね」

「冗談じゃねえよ！」

山辺も、どぎまぎして目をそらすと、「俺《おれ》は――女嫌いなんだ！」

「あら……。男が趣味なの？」

「違う！　女なんか――いくらだって寄って来るんだ。本当だぞ」

「そう」

「信じてねえな？　嘘《うそ》だと思うんなら、俺の手帳を見ろ。女の名前で一杯だ」

「ワン」

「何だと？　ふざけやがって！」

「私じゃないわ」

「ワン」

「ドン・ファン。何してるの、こんな所で」

と、江利が声をかけると、

「あら、江利さん」

と、倉本そのみがやって来る。

「あ、どうも……」

「町役場に行くの。塚川さんと紀子さんが待ってるから。あなたもどう？」

「町役場って……何かあるんですか」

「岬信介の原稿とか日記があるかもしれないって。——こちらは？」

と、そのみが山辺を見て言った。

「あの——ハ、ニ、ム、ー、ンです」

「え？」

「旅館で、ちょっと階段を転がり落ちて」

「お前が急に戻って来るからだろ！」

と、山辺は言い返した。

「まあ、いけないわ。頭が悪くなるかも」

と、そのみは改めて山辺を見直し、「却《かえ》って良くなったかもね」

山辺は、腹を立てるのも忘れて（？）江利と倉本そのみが、あの足の短い変な犬を連れて行ってしまうのを見送った。

「——何言ってやんでえ！　人を馬鹿《ばか》にしやがって！」

怒ったのは、二人の姿がとっくに見えなくなってからで、正にそのみの言葉を裏付けることになったのだった。

「──たぶん、この辺の段ボールの中にあると思うんですけどね」

と、若い職員が埃《ほこり》のつもった段ボールを抱えてやって来た。

「どうもすみません」

と、亜由美は言った。「後は私たちでやりますから」

「ま、ごゆっくり」

──感じのいい若者である。

「亜由美さんの魅力ですね。凄《すご》いなあ」

と、紀子はしきりに亜由美のことに感心している。

「ともかく、中を開けてみましょう」

小さな会議室を貸してくれたので、二人はそこで箱を開くことにした。

「倉本さんが来るまで待ちますか」

「いえ、その必要ないわよ。開けてしまいましょう。その内に来るわ」

亜由美は、埃を手で払ってフッと吹くと、箱のふたを開けた。

「──私、これからどうしよう」

と、紀子が言った。

「え?」

「俊子さんっていう人が、大江さんの娘さんだったなんて……。私、大江さんに申しわけなくて」

「そう。――気持は分るけどね。でも、心中って、大人が自分で選んだ道よ。何もあなたのお父さんが俊子さんを殺したわけじゃない。あなたが自分を責めることないわ」

「ええ……」

「さ、ともかく中の物を出してみましょ」

しかし、どうして岬信介の物が町役場にしまい込まれていたのだろう。

箱の中には雑多な物が詰め込まれていた。

写真立て、額縁、筆記用具……。

「これなんか、もし〈岬信介記念館〉でもできたら貴重よね」

二人が中の物をテーブルに並べていると、ドアが開いて、スルリとドン・ファンが入って来る。

「倉本さん、今、出してるところです」

「やっぱりあったの？　すてき！　これで卒論が書けるわ」

と、そのみは身近なところで喜んでいる。

「――岬信介の遺書が見付からないかと思ってるんですけどね」

と、亜由美は言った。「倉本さん。――どうかしたんですか？」

「いえ……。あの人──矢田部江利さんだっけ。一緒にそこまで来たのに、どうしたのかしら？」

「役場の入口のパンフレットでも見ているんじゃないですか」

「そうね……。あの人も可哀《かわい》そうに」

そのみの言葉に、亜由美はちょっと手を止めて、

「頭をお風呂《ふろ》でぶつけたからですか？」

「それもそうだけど……。私に助けられちゃ、立つ瀬がないでしょ。私のこと、殺したいくらい憎んでるはずなのに」

亜由美と紀子が顔を見合せる。

「私の付合ってる沢木って人がいるんだけど、あの江利さんって、沢木の恋人だったの。私のせいで捨てられたのよ」

と、そのみは言った。「きっと、私のこと殺すつもりで近付いて来たんだと思うの。それが足滑らして頭打って……。やり切れないでしょ」

おっとりと言っているが、亜由美は呆気《あっけ》に取られて、

「それが分ってて、一緒に朝ご飯食べたりしたんですか？」

「そう、お礼言わなきゃ。──私の彼氏が、『ろくでなし』だってことを、教えてくれたものね」

「はあ……」

「母が心配して、沢木の素行を調べさせたの。そしたら、もう……。貧しくたって、ケチだっていいのよ。でも、私の方がお金持だっていうだけで、あの人を捨てるなんて。――許せないわ」

淡々と言うだけに、却って怖い。

「ごめんなさい、邪魔して。さ、続けましょう」

と、そのみが箱の方へ手をかけたとき、

「キャーッ！」

と、悲鳴が聞こえた。

「――今の、江利さんの声だわ」

と、そのみが言った。

「ワン！」

ドン・ファンがひと声鳴いて、会議室から飛び出して行く。

亜由美たちも、その後を追って駆け出した。

「――どうしたんですか！」

亜由美が表に飛び出すと、あの段ボールを出してくれた若い職員が、

「あの――ここにいた女の人がトラックに――」

「トラック？」

「小型トラックです。男が二人、女の人をかつぎ込んで、連れてっちゃいました」

遠くに、トラックが走り去るのが見えた。しかし、とても追いつけまい。

「どこのトラックとか――男たちの顔に見憶《みおぼ》えありません？」

「さあ……。はっきり見るだけの余裕もなかったんですけど」

江利をさらって、どうしようというのだろう？

「何を騒いでんだ？」

と、やって来たのは山辺だった。

「あ、階段から転がり落ちた人ね」

と、そのみが言った。

「そんな名前じゃない！　ちゃんと、山辺って名前があるんだ」

と、むくれている。

「江利さんがさらわれたのよ」

「何だって！」

山辺はわけの分らない様子で、「あの女が？　あんなのさらう物好きがいるのか？」

すると、そのみが、いきなり拳《こぶし》を固めて、山辺の顎《あご》を一撃した。――山辺は不意を食らって引っくり返り、目をパチクリさせているばかり。

「――どうしました？」

と、声がした。

「あ、殿永さん！　今、女の子が一人さらわれて――」

と、亜由美が言いかけて、「何があったんですか？」

殿永の厳しい表情に気付いたのである。

「あの旅館の女将《おかみ》が殺されたんです」

と、殿永は言った。

7　滝の人影

「大浴場は閉めている時間だったのです」

と、殿永は言った。「女将はその間に一人でひと風呂《ふろ》浴びていた。そこへ誰《だれ》かが入り込んで、手おけで何度も女将を殴りつけたのです」

「むごいことして……」

と、そのみがため息をつく。「どんなに憎い人でも、そんなこと、できるかしら」

「ね、ドン・ファンが——」

と、亜由美が言った。「役場の中へ入ってっちゃった」

「何かあったの?」

殿永の後をついて来たのか、聡子が現われた。「ここ、町役場? 可愛《かわい》い女の子でもいるの?」

ドン・ファンのことをよく知っている者にしか、聡子の言っていることの意味は分らなかったろう。

「——行ってみましょ」

亜由美は、足早に役場の中へ入って行った。

奥の会議室へ行ってみると――。

「ワン！」

ドン・ファンの吠える声が空《むな》しく響いた。

「――やられた！」

と、亜由美は言った。

会議室の机の上の、岬信介の遺品を入れた段ボールが、丸ごとなくなっていたのである。

「――江利さんがさらわれて、そっちへ注意が向いてる間に、盗んだのね」

と、亜由美は悔しがった。「誰か残しとくんだった！　ドン・ファン、あんた、分ってたんなら、もっと早く何とか言いなさいよ！」

「クゥーン」

ドン・ファンが八つ当りされて迷惑そうに鳴いた。

「いやいや」

と、殿永がとりなすように、「誰かがここにいたら、やはり犯人にさらわれるか殺されるかしたかもしれない。これでいいんです。後で取り戻せるものと、取り戻せないものがある。そうでしょう？」

亜由美も同感ではあった。いつも殿永に言われるように、亜由美は刑事じゃないのだから、こんなことに命をかけてはいけないのである。

「――でも、どこから運び出したんでしょう？」

と、そのみが言った。「私たち、役場の前にずっといたのにね」

「裏口があるのかしら」

亜由美が職員に当ってみると、やはり裏へ出るドアがあり、そこは職員用の自転車置場になっていた。

「――犯人は一人じゃないってことですね」

と、聡子が言った。

「その――矢田部江利でしたか。その子をさらった男が二人、こっちの段ボールを運び出したのが一人……。ま、誰かに頼まれたとも考えられますが」

殿永は考え込んで、「――むしろ今、心配なのはその女の子ですね」

「江利さんですか？」

「もし、あの失踪《しっそう》した三人と同じことになったら……」

亜由美は思わず息をのんだ。――そんなことまで考えなかった！

「じゃ、あの三人は本当に……？」

「行方不明の三人かどうかは、家族が到着しないと分りませんが、少なくとも他殺死体であることは確かでした」

殿永は役場の表へと回りながら、「塚川さんたちに注意しようと思ってやって来たのです」

「私たちに？」

「若くて美しい娘さんたちですからね。犯人が目をつけるかもしれないと思いまして」

亜由美には、殿永の言葉が皮肉のようにも聞こえたが、そこまでは考えすぎのような気もして、

「お気づかいいただいて……」

と、礼を述べておくことにした。

「じゃ、江利さんを急いで捜さないと」

と、そのみが言った。「もし、その犯人にさらわれたのだとしたら、江利さんも殺されるかも……」

「今はともかく口外しないで下さい」

と、殿永が言って、少し用心深く周囲を見回した。「この町にパニックでも起ると大変ですから」

「気を付けますわ」

と、亜由美は言った……。

殿永が旅館へ戻って行くのを見送って、亜由美たちも、もう辺りが暗くなって来ている

のに気付いた。

「――私たちも戻りましょう」

と、そのみが言った。「紀子さんも一緒に?」

「いいんですか?」

「女将さん殺されても、夕ご飯出るのかしらね」

と、聡子は妙な心配をしていた。

「おい」

と、どこから出て来たのか、さっきそのみに殴られた山辺が立っていた。

「また殴られたいですか」

と、そのみがていねいに訊《き》く。

「よせやい」

と、山辺は顎《あご》をなでて、「びっくりしただけだ。あんなもん、蚊が止ったようなもんさ」

「強がり言って。――あなた、江利さんとどういう仲なの?」

亜由美に訊かれて、ギクリとした様子だったが、

「別に……。ただ、旅館で……」

と口ごもる。「それより、今の奴《やつ》がゴチャゴチャ言ってたのは、何のことだよ?」

「三人の女の子の白骨死体が見付かったのよ。江利さんがその子たちと同じ運命になるん

じゃないか、って心配してるわけ」

山辺は、ポカンとしていたが、

「――嘘《うそ》だろ？」

「信じないなら、それでもいいけど」

と、亜由美は言って、「さ、行きましょ」

と、みんなを促して旅館へと戻って行く。

山辺は、どんどん暗くなっていく中、一人で取り残されていた。

そして、急に町のあちこちで旅館やバーのネオンが一斉に赤や青の色で通りを染めていくのを、びっくりして眺めていたのである……。


その夜、K温泉は大にぎわいだった。

ともかく、行方不明の三人の女性の家族が着いて、遺体の身につけていた物から、間違いなく当人だと確認された。

相次いで温泉町へ入って来たマスコミは、町のあちこちを撮りまくり、レポーターは町の紹介から始めて、旅館組合の代表にインタビューまでして、駆け回っていた。

「――人が死んだって話なのに、やけにはしゃいでるわね」

と、聡子がうんざりした様子。

「いくら仕事っていってもねえ……」

亜由美は、ともかく下手に部屋を出てTV局の人間にでも捕まるといやなので、部屋でゴロゴロしていた。

ドン・ファンも（いつものことだが）ゴロゴロしている。

「――何だか庭の方が騒がしいわ」

と、倉本そのみがやって来て言った。

「何かあったんですか」

と、亜由美が起き上ると、

「誰か、物好きな人が岬信介のことを聞きつけたらしいの。しかも、死体のあったのが岬信介の住んでた所でしょ。それを聞いて、マスコミの人たちが――」

「岬信介が死んだ後じゃないですか」

「そんなことお構いなしよ。――今、TV生中継で、〈伝説の作家は恐るべき殺人鬼だったのか？〉なんてやってるわ」

「単純な連中！」

と、亜由美が腹を立てている。

「――そういえば紀子さんは？」

「お風呂《ふろ》に行きましたけど」

「それって――もしかすると――」

「え？」

突然、ドタドタ駆けて来る下駄《げた》の音がして、紀子が飛び込んで来た。

「助けて下さい！」

「どうしたの！」

「ワン！」

ドン・ファンも、いつになく素早く立ち上る。

「誰か旅館の人が私のこと――岬信介の娘だって……。TV局の人が追っかけて来るんです！」

亜由美は飛び起きると、

「聡子！　明りを消して！」

聡子が部屋の明りを消すのと、部屋へ大勢の人がなだれ込んで来るのと、同時だった。

「インタビューを！」

「独占取材――」

「一緒にいて、〈独占〉はないだろ！」

「だから、各局、それぞれ〈独占取材〉ってことに――」

と、暗い中でもめている。

亜由美は、紀子の手を引いて壁伝いに進むと、TV局のスタッフと入れ違いに庭へ出てしまった。

「外へ行こう！」

と、庭の暗がりを進んで小走りに、旅館の裏手へと出た。

「——ああ、怖かった！」

と、紀子は胸に手を当てて息をついた。

「少し落ちついて考えてほしいわね、本当に！」

「ワン」

「あら、あんたもいたの」

ドン・ファンが当然の如《ごと》く付添って来ていたのである。

「——私、あそこへ行ってみたい」

と、紀子が言った。

「あそこ？」

「父のいた家。——誰かいるでしょうか？」

「TV局でもいたら、引き返して来りゃいいわよ」

と、亜由美は言って、歩き出した。

通りへ出ると、宴会がすんで飲み直しに出て来た客たちがフラフラと大勢行き交っていて、亜由美たちも目立たない。

「——寒くない？　お風呂出たばかりだものね」

と、亜由美が訊《き》くと、紀子はちょっと目を見開いて、

「どうしてそんなにやさしいんですか？」

と言った。

「私が？」

「ええ。——私のこと、別に友だちでも何でもないのに」

亜由美は意外な気がしたが、

「知り合った以上は縁があるわけでしょ。あなたとは同じ世代だし、仲良くできそうな気がするのよ」

と、素直に答えた。

「そう。——そうですね」

何だか紀子はふさぎ込んでしまった。

「どうしたの？」

「よく分らないんです。私……ときどき、ひどく頭痛がして……。そうすると、自分がずっと遠くに行ってしまう気がするんです」

「遠くへ？」

「そこでは何も考えずにいられて、安心してられるんです。何か——厚い壁に囲まれてるみたいで」

自分の身を守っているのだ。——しかし、「守る」というのは、何か自分を脅かすものがあるからだろう。

それは何なのだろう?

亜由美は、紀子の重苦しい顔を見ながら、何かよほどひどいことがこの子の身に起っていたのだと察した。でも、それが何なのか、見当もつかなかったが……。

——二人とドン・ファンは、あの廃屋の前にやって来た。

TV局のカメラマンたちは、早々にその現場を撮っていたので、今は人がいない。

「中へ入る?」

「いえ……。何だか、ここへ来ると安心するわ」

「安心?」

「変ですよね。死体が隠されてたっていうのに。——でも、それは別にして、父との暮しを思い出すと、懐しい気持になるんです」

亜由美は、月明りの下、じっとたたずむ紀子の姿を、少し離れて眺めていた。——紀子は過去の中に浸《ひた》っている様子だった。

すると——。

ドン・ファンがスタスタと、あの滝の方へと行ってしまう。

「どこ行くの？　――落っこちても知らないわよ」

と、小声で呼んだが、知らん顔。

仕方なく亜由美はドン・ファンの後について行った。

「――何なのよ」

と言いつつ、滝が見える辺りまで来ると、

「クゥーン」

と、ドン・ファンが鳴いた。

いつもの、甘えるような鳴き方ではない。

亜由美は、木立ちの間からあの滝と、岬信介が身を投げた岩を眺めた。

「ドン・ファン……」

と、亜由美は言った。「あれって――何？」

岩の上に、人影があった。

月の光が雲でかげって、その人影は黒いシルエットだったが、男であることは間違いない。

何してるんだろう？　あんな所、夜なんて、滝から水しぶきは飛んでくるし、寒いだろうに……。

すると月が雲間に顔を出した。白い月明りの中、滝がうっすらと霧に包まれ、岩にまでそのしぶきが風に流されて行くのも見えた。

そして男の姿が——。まるで昔の絵から抜け出して来たような着物姿で、岩の上に立っている。

亜由美は息をつめてその様子に見入っていたが……。

「——お父さん」

と、背後で声がして、びっくりして振り返った。

「紀子さん——」

「お父さんだわ！　お父さん——」

紀子は急によろけた。そして頭を抱えると、「頭が……痛い……」

と、呻《うめ》くように言って、うずくまってしまった。

「しっかりして！　紀子さん！」

亜由美があわてて駆けつけると、紀子はそのまま気を失って倒れてしまった。

「ドン・ファン！　あんた、得意でしょ！　紀子さんの顔、なめてあげな」

「ワン」

心外な様子で、それでもいそいそとやって来て、ペロペロと紀子の頰《ほお》をなめている。

その間に、亜由美は滝の方をもう一度振り向いた。

岩の上には、もう誰の人影もなかった。

8　炎の危機

「──ここに立ってたんですね？」

と、殿永が岩の上に進み出て、下を覗《のぞ》き込み、「やあ、凄《すご》いもんだ」

剣呑《けんのん》、剣呑、という様子で後にさがる。

「──どうせ信じないんでしょ」

と、亜由美は言った。

殿永はため息をついて、

「いいですか、私はミステリーに出て来る馬鹿《ばか》な刑事の役回りは好かんのです。誰《だれ》も信じないなどと言ってないじゃありませんか」

と、苦情を述べ立てた。

「ワン」

ドン・ファンが面白がっている。

──一夜が明けて、まだ朝の光。

ゆうべ大騒ぎしていたTV局や記者たちはまだ起き出していない。

「確かに、岬信介だと言ったんですね？」

と、殿永は言った。

「そう見えた、って。――でも、紀子さんも七歳のとき以来、見てないわけですから、もちろん見分けられるはずが――」

「それはどうですか」

殿永は、含みのある口調で言った。

「殿永さん、それって……。何か知ってるんですね？」

「ちょっと！　押さんで下さい。滝壺《たきつぼ》へ落ちる」

「五メートルもありますよ、岩の先端まで」

と、亜由美はむくれた。「素直に言ってくれないからでしょ」

「いいですか。私は調べてみました。十五年前の心中をね。しかし――死体が上ったのは、大江俊子の方だけだったんです」

亜由美は愕然《がくぜん》とした。

「じゃ――本当に岬信介は生きてるとでも？」

「落ちついて下さい。死体は単に流されてしまっただけかもしれない」

「でも、見付かってないってことは――」

「生きている可能性は、ゼロとは言えません、確かにね」

と、殿永が肯《うなず》く。「しかし、そうなると、問題だらけです。なぜ十五年も姿を隠しているのか。どこにいるのか。——殺された三人の娘との係《かか》わりは？」

そうか。生きているとなると、岬信介が犯人とも思える。却《かえ》って、紀子にとっては辛《つら》い話だろう。

「でも——まさか、あの旅館の女将《おかみ》さんを殺したりしませんよね」

と、亜由美は言った。

「忘れてるかと思ってました」

と、殿永がニヤリと笑う。

「人を馬鹿にして！」

「いや、とんでもない。塚川さんのことを馬鹿にしたら、正義の剣士にやられちまうでしょう」

少女アニメ狂の父のことを言われると、亜由美も弱い。

「あれは犯人のしくじりです。大きな、ね」

「というと？」

「三人の娘たちは、みんなあの旅館に泊っていたのです」

「じゃ——」

「あの女将は、何かの形で係わっていた。死体が見付からない限りは、それでも良かったのです。誰もが忘れていたから。ところが、事件が繰り返されると、やはりまずあの旅館に目が向く」

「それで消された」

「おそらくはね」

と、殿永が肯いて、
そのみがやって来て、「おや、倉本さんですよ」

「おはようございます」

と、ていねいに頭を下げる。

「ゆうべは大騒ぎでしたね」

「でも、楽しかったわ。普段、めったに使えないんですもの、合気道、習ってても」

亜由美は目を丸くした。

「じゃ、ゆうべTV局の人が『乱暴された!』と喚《わめ》いてたのは……」

「向うが粗暴だったのです。正当防衛ですわ」

「同感です」

と、殿永が肯いた。

「刑事さんがそう言うんだから、大丈夫ですね」

と、亜由美が微笑《ほほえ》んだ。「そのみさん、卒論のテーマ、変えた方がいいかもしれませんよ。『岬信介にインタビュー』とかって」

「あら。でも――。これが今朝届いたんですよ」

と、そのみは一通の大分黄ばんだ封筒を取り出した。

「それは？」

「〈遺書〉とありますわ」

「岬信介の？」

「たぶん。――まだ開けていません。自分一人で開けてしまったら、私が偽造したと思われそうで。刑事さんに証人になっていただければ安心です」

「喜んでなりましょう」

三人は（ドン・ファン付きで）あの廃屋へと戻った。

「それ、どこから届いたんでしょうね」

「あの町役場の若い人。何だか今朝、会議室を使おうとしたら、これが床に落ちてたそうです」

「じゃ、落としてったのかしら？　ドン・ファン、何であんたが気が付かないのよ！」

亜由美が言ってやると、ドン・ファンは聞こえないふりをして、そっぽを向いている。

「――じゃ、開けてみます」

そのみがそっと封を切る。

——その様子を、木のかげからそっと見ている男がいた。

「あら」

聡子は、旅館のロビーで、バッタリと山辺と出くわした。「階段から落ちた人だ」

「あのな……」

「じゃ、倉本さんに殴られた人」

「殴られたいか！」

と、山辺はむきになっている。

聡子が行ってしまおうとすると、

「おい」

と、山辺は呼び止めた。

「——呼んだ？　金貸せって言われても、ないわよ」

「この野郎！　——あの女、見付かったのかよ」

「え？　ああ、江利さんのこと？　まだみたいよ」

と、聡子は首を振って、「どうして気にしてるの？」

「いや……別に」

と、肩をすくめて、「ま、どうなったっていいけどな、あんな女」

「へえ。でも、ちょっと気になってんじゃないの？」

と、聡子が冷やかしていると、

「山辺様、いらっしゃいますか」

と、フロントで呼んでいる。

「ああ、俺《おれ》だ！」

ホッとして、山辺は駆けて行った。

「お電話でございます」

「どうも。——もしもし」

と、山辺が言うと、少し向うは黙っていたが、

「——いたのか」

「ああ……」

「どうなってんだ？　何だか、そっちの温泉、大騒ぎじゃねえか」

沢木である。

「うん。——何か妙なのが一杯いてな」

「江利の方、どうなった？」

山辺はぐっと詰ったが、

「ああ……。任せとけ。もう少しだ」

と、何だかわけの分らない返事をしている。

「本当に大丈夫か？」

「やるさ。信じないのか？」

「そうじゃない。それじゃ、頼んだぜ」

「ああ、分ってる」

沢木の声の向うに、何だか妙な音がしていた。——何だろう？

「じゃ、切るぜ。今日は忙しくって」

と、沢木が言った。「うまくいったら、連絡しろよ」

「ああ、もちろんだ」

——山辺は、そっと電話を切った。

江利を殺す、か……。

山辺は、どうせ江利の行方が分らないので、却《かえ》ってホッとしたりしていた。

殺したくても、いなきゃやれないわけだしな。

それに——そうだ。例の三人の娘を殺したという犯人が、もし江利のことをさらって行ったとしたら……。

代りにやってくれるかもしれない。そうすりゃ、楽ってもんだ。

今ごろ江利は殺されているかも……。いや、殺される前に、散々もてあそばれて……。

「——何をボーッとしてんの？」

振り向くと、ギョッとするほど近くに聡子が立っていた。山辺は仰天して、

「立ち聞きしやがったな！」

と、喚《わめ》いた。

「誰がかけて来たの？　こんな町に知り合い、いたの」

「ここじゃねえ。東京からだ」

と、山辺が言うと、

「嘘《うそ》。この近くよ」

「何で分るんだ？」

「鐘の音がしてた」

「鐘？」

「ほら」

と、聡子が指を立てる。

ゴーン、と遠い寺のものらしい鐘の音。

「ね？　電話で聞こえてたじゃない」

山辺は、電気にでも打たれたように突っ立っていた。

「——どうかした？」

聡子が心配そうに訊《き》くと、

「どこの鐘だ？」

「さあ。――お寺でしょ」

「どこの寺だ！」

「私、知らないわよ！　旅館の人に訊いてみたら？」

山辺は、

「おい！」

と、凄《すご》い剣幕でフロントの中へ飛び込んで行った。

聡子は呆気《あっけ》に取られて、

「やっぱり、打ちどころが悪かったのかね」

と、首を振って呟《つぶや》いた。


沢木は、重い戸を開けた。

――薄暗いのは、土蔵の中だからで、ひんやりと空気も明け方のようだ。

沢木は、両側に積み上げてある荷物の間を抜けて、奥へ入って行った。

高い窓から射し込む光だけが、足下を照らしている。

床に四角く切れ込みがあり、そこに丸い鉄の輪がついている。力をこめて引張ると、ふたがパックリと開いて、地下へ下りる急な階段が見えた。

沢木は、用心しながら階段を下りて行った。

小さな電球が点《つ》いていて、空っぽの部屋を照らしている。——いや、部屋というより、あなぐらである。

奥に、江利が縛られて横たえられていた。

「——やあ」

と、沢木が声をかけると、江利がハッと顔を上げた。

「何しに来たの」

と、沢木をにらむ。

「怖いな。もうちっとやさしくなれよ」

と、沢木は笑った。

「私をどうするの？　こんな所へ閉じこめて」

「分ってるだろ」

冷ややかな口調は、江利にも伝わった。

「——殺すのなら、早くやって」

「まだまだ。俺がやるんじゃない。犯人はちゃんと上にいる」

沢木は天井の方へ目をやった。

「どうして私を殺すの？　結婚の邪魔だから？」

「初めはそうだったさ。しかし、事情が変ったんだ。――いつまで待っても、山辺の奴《やつ》はやりそうもないしな」

沢木は、壁にもたれてタバコを出すと、火を点けた。

「――山辺？」

江利は縛られたまま頭を起して、「あの旅館にいた人？」

「そうさ。俺がここへ来させたんだ。お前を殺すようにな」

「あの人が……」

「しかし、分ってたさ、やりっこないってことは。大して度胸のある奴じゃないんだ」

と、タバコの煙を吐き出して、「俺は後から来て、お前を殺す。山辺に罪をなすりつけてな。――あいつ、単純だから、引っかかるに決ってる」

江利は、床に横たわって、手足を動かそうとしたが、とても無理だった。手首、足首を縛った縄は少しも緩まない。

「諦《あきら》めろよ」

と、沢木が笑って、「こっちへ来て、違う話が舞い込んだのさ。もっと金になる話だ」

「倉本さんと結婚するより？」

「あいつは結婚しないよ、俺とは」

沢木は肩をすくめた。「俺のこと、調べさせてたんだ。それじゃ、すぐばれるからな、どうせ」

「じゃ――私を殺すのを手伝ってお金をもらうの？」

「どうせ死ぬとこだったたんだ。諦めろよ。な？　それに自分が手を汚さなくてもすむんだから。願ったりさ」

「卑怯者《ひきょうもの》！　どうせなら自分の手でやりなさいよ！」

「何とでも言うさ。――なあ、俺なんか小悪党だ。世の中、上にゃ上がいるんだぜ」

と、沢木は言って、「おっと、来たらしいな」

上で足音がした。

「じゃ、あばよ、江利。成仏してくれ」

沢木はタバコをくわえて、階段を上って行ったが――。

ダダダッと凄い勢いで落ちて来ると、沢木は大の字になってのびてしまった。

「――やっぱり、階段から落ちるのは危いな」

と、下りて来たのは山辺だった。

「山辺さん！」

「今、縄といてやるからな」

と、駆けつけると、江利の手足の縄をほどいて、「立てるか？」

「しびれて……動けない」

「頑張れ！　俺につかまって」

山辺は、ほとんど江利を背負うようにして、地下からの階段を上って行った。

「あなた……私のことを――」

「話は後だ」

やっと、地下から這《は》い上った二人の前に、誰かが立ちはだかっていた。

「――頼りにならん奴だ」

と、大江は言った。「すまんが、また逆戻りだね」

大江の手には、散弾銃があって、二連の銃口が山辺たちに向けられていた。「――古い銃だが、昔はこれでよく猟をしたもんだ。撃つのは慣れてるよ」

「私を殺せばすむんでしょ！」

と、江利が叫ぶように言った。

「もう、生かして帰すわけにはいかんね、君たち二人とも。むろん、下でのびてる馬鹿《ばか》もだ」

「上の人も？」

と、江利が言うと、チラッと大江の目が上を向いた。

山辺が飛びかかった。銃が火を吹いて、壁土が飛び散った。

大江は、山辺を振り離すと、土蔵の外へと転がり出た。山辺が追いかける。

「――山辺さん！」

江利は、煙が地下から立ち上ってくるのに気付いて、叫んだ。

タバコ――。沢木のくわえていたタバコの火が何かに移ったのだ。

江利は、しびれた手足で何とか立ち上ろうとした。よろけて、必死にそばの荷物につかまって出口へと進む。

上の人……。そうだ！　上に誰かいる！

江利が、何とか出口へ辿《たど》り着いたとき、

「江利さん！」

と、呼ぶ声と共に、亜由美が駆けて来た。

あの刑事も続いてやって来る。――江利はその場に座り込んでしまった。

「――しっかりして！」

亜由美は駆け寄って、江利を立たせようとした。

「中に……」

「中に？」

「上に誰かいるの……。鍵《かぎ》を、あの人が――」

大江の上に馬乗りになって、山辺がぶん殴っている。

亜由美は、落ちている散弾銃を拾い上げると、両手で抱えて、土蔵の上の階へ上る階段を上って行った。

火がすでに回り始めていた。

外では、殿永が大江に手錠をかけ、土蔵の方へ駆けつける。

「亜由美さんが……中に」

と、江利が言ったとき、中で轟然《ごうぜん》と銃声が響き渡った。

9　過去を忘れて

「あ、そうだ」

と、江利は言った。「忘れてた。地下に、沢木がいたんだわ、のびて」

もう手遅れだった。

——何しろ、土蔵から江利が助け出されて何時間もたっていたので、土蔵の中はすっかり焼けてしまっていたのである。

「天罰だよ」

と、山辺が言った。

実際、あまりに色んなことがあり過ぎて、沢木のことなど、誰《だれ》も考えていなかったのだ……。

旅館の亜由美たちの離れには、紀子と殿永以外の面々が集まっていた。

紀子は、十五年ぶりの父との再会に呆然《ぼうぜん》としているだろう。

「——お待たせして」

と、殿永がやって来た。

「どうなりました？」

と、亜由美が訊《き》いた。

「今、父と娘は無言で、ともかく一緒にいます」

「良かったわ」

と、そのみが微笑《ほほえ》む。

「心の傷がいやされるまで、大分かかるでしょうがね」

「あの〈遺書〉が——。あれが残ってて良かったですね」

「役人が何でもしまい込んでしまったわけでね。おかげで大江も存在さえ知らなかった」

〈遺書〉は、岬のものではなく、俊子のものだった。——俊子は大江の養女だったが、小さいころから、大江にもてあそばれていたのだ。

ある列車で岬と一緒になった俊子は、初めて心を許す男と出会い、恋した。二人は話に夢中になって、二つも先の駅まで行ってしまったという。

しかし、大江がそんな恋を許すはずもなく、俊子は絶望して、〈遺書〉に大江とのことを書き遺《のこ》し、あの滝へ飛び込んで死んだ。

俊子を追いかけて行った岬は、〈遺書〉を読むことなく、その場で俊子の後を追おうと、飛び込んだ。しかし、結局、岬は下流で岸に打ち上げられ、それを知った大江は、こっそり岬を土蔵の中へ隠したのだった……。

「——岬さんは記憶を失ってたんですか？」

　と、そのみが訊く。

「初めの内はね。次第に自分を取り戻したようだが、俊子の死が自分の責任と思って、苦しんでいたようですな」

「それを大江が利用して……。ひどい奴《やつ》！」

　と、亜由美は憤然としている。

「全くね。大江は、あの女将《おかみ》の黒田忍のパトロンで、金を出してやっていた。それで、若い娘を連れ出しては、しばらくあの土蔵の地下へとじこめ、遊び飽きると殺して、あの家の屋根裏へ捨てたんです」

「岬さんをずっと生かしといたのは、いざってとき、犯人に仕立てられるから？」

「そういうことですな。——しかし、岬さんの父親の方は、事情が分れば納得《なっとく》するでしょう。問題は紀子さんの方でね」

「どういう意味ですか？」

　と、聡子が訊く。

「大江が、七つだった紀子さんをもてあそんだことがあったのです。——紀子さんは憶《おぼ》えていない。というより、思い出すことを拒んでいたのです」

「それがあの頭痛……」

「そう。——当人は、大江のことを『親切な人』と信じていたわけですが、時として、小さいころの記憶が戻りそうになって、そうすると、あのひどい頭痛が起きたんでしょうね」

「ひどい人……。私、一発殴ってやりたい」

と、そのみは言った。

「紀子さんはそのことを?」

「いや、まだ知りません。やがて、それを受け容《い》れることができるようになるでしょう」

殿永は肯《うなず》いて言った。

「——ここの女将さんを殺したのは沢木ですか」

と、そのみが訊く。

「そう大江は言っています。沢木が金に困っていることを女将が大江に知らせたんですよ。女の子をさらう手伝いをさせるのに良さそうだと言ってね」

「その当人が殺されてしまったんですね」

「皮肉なもんね」

と、亜由美が首を振って、「倉本さん、沢木と結婚しなくて良かったですね」

「おかげさまで」

ていねいな口をきくところがおかしい。

「でも——卒論、どうします？」

「もちろん、やるわ！　こんなにドラマチックな卒論って、ないと思う」

「確かにね」

と、殿永が苦笑した。「塚川さんのいる所、常に事件ありです」

「そういう言い方はないんじゃありませんか？」

と、亜由美はムッとしたように言った。

「ワン」

「変なところで吠《ほ》えるんじゃないの」

と、亜由美がにらむと、ドン・ファンは知らん顔をして、ゴロッと横になった。

「——そうそう」

殿永が思い出して、「あの山辺という男ですが——」

「沢木の友だちですけど、私を助けてくれたんです！」

と、江利が急いで言った。

「分ってますよ。そろそろ東京へ発《た》つと言ってたので」

「今日——ですか」

江利が目を見開いて、「今？」

「ちょうど玄関辺りにいるかもしれませんな」

江利は、急いで立ち上ると、

「あの——ちょっと失礼します」

と、出て行った。

下駄《げた》の音が庭を駆けて行く。

「——でもね」

と、亜由美が言った。「初めは殺しに来たんでしょ、あの人？」

「ま、いいじゃありませんか。『終り良ければ、すべて良し』です」

殿永はおっとりと言った。

「——待って！」

玄関へ駆け込んだ江利は、ハアハア息を切らして、ちょうど靴をはいた山辺と向い合って立っていた。

「——何だ、ずいぶん元気そうじゃないか」

と、山辺はボストンバッグをさげて、「俺《おれ》はもう帰るぜ。何日も泊る金もないし」

「だめ」

江利はボストンバッグを引ったくると、ポンと奥へ投げて、「あと一泊です！」

「おい——」

「散歩しましょ」

江利は、山辺の手を握った。

「痛いぜ、そんなに強く握ると」

「つべこべ言わないの！」

江利が強引に引張って、二人は通りに出た。

「――どこに行くんだよ」

「別に。ともかく歩きたかったの」

江利は、足を止めて、「ほら」

――昨日の、あのお婆《ばあ》さんがやって来た。

「ああ」

と、二人に気付くと、「どうしたね？　やっと仲直りしたか」

「ええ」

と、江利は微笑んで、「ハ、ニ、ム、ー、ン、らしく仲良くなりました」

「そりゃ結構。年寄りの目は確かだよ」

「本当にね」

「ま、お幸せに……」

――お婆さんが行ってしまうと、

「お前、分ってんのか？　俺は——」

「私を好きなんでしょ？」

山辺は、ちょっと詰って、

「まあ……な」

と、言った。

「じゃ、いいじゃない」

二人は、手をつないで歩いて行く。

——まだ、旅館のネオンに灯《ひ》がともるにはいささか早かった。

ゴールした花嫁

プロローグ

長距離のランナーは言う。

「いいわね、短距離の人って。何がどうなっても、アッという間にすんじゃうじゃない。途中でお腹《なか》痛くなったり、足痛めて、どうしようとか悩むこともないし」

短距離のランナーは、これに答えて、

「いや、長距離の人は羨《うらや》ましいよ。スタートでしくじっても、後で取り戻せるじゃないか。しまった、と思ったときはもう終ってるんだからね、この世界は」

——二人は顔を見合せて笑った。

そう。

一長一短。——冗談みたいだわ。

長距離の選手一人と短距離の選手一人で「一長一短」、なんて。

そうだ。今度加山《かやま》さんと会うことがあったら、言ってやる。あの人、こういうことを喜ぶから。

ともかく、走りながらそんなことを考える余裕があったのは、多田信子《ただのぶこ》が長距離のランナーだったからこそだろう。

林の中の道は、走っていても快適だった。

今、車の排気ガスで汚れた空気を吸いながら、アスファルトの道を走るマラソンランナーは、かつての走者たちに比べて、ずいぶん体をむしばむ環境にさらされていると言うべきだろう。

この、湖を巡る一周十五キロの道を走っていると、むろん呼吸も苦しくなるが、同時に肺の中がきれいに透き通っていくような気がする。

ああ……。いつも、「走ること」がこんなに楽しいといいのに。

こういう場所で練習しているときは、本当に気軽に走れるのに、本番となると——。

信子は走りながら、強く頭を振った。

考えないようにしよう。今は、ともかく走りを楽しむことだけを考えるんだ……。

ミキちゃん、どうしたんだろう？

信子は、足どりを緩めて振り向いた。——林の中の道は、見通しがきかない。

すぐには、市原《いちはら》ミキの姿も、中里《なかざと》コーチの車も見えそうになかった。

何かあったのだろうか？

信子はまた走り出しながら、チラチラと背後を振り返った。

――市原ミキは、短大を出てK食品に入社して二年め。二十二歳である。多田信子は三十歳。

八歳の違いは、体力の上でもかなりの差になる。

K食品の陸上部は、伝統的に一流のランナーを送り出して来た。

今、長距離では多田信子、短距離では加山俊二《しゅんじ》がトップである。

しかし、この一年、信子は大きなマラソンで、パッとしない成績が続いていた。特にプレッシャーが大きいわけでもなく、体力が落ちたとも感じない。

実際、長距離の選手では三十代にピークを迎える者も珍しくはないのだ。

信子の場合は、たまたま調子の谷のときにぶつかった、とでも言うしかない。しかし、言いわけにはならない。結果がすべてである。

市原ミキが入社して、陸上部へ入って来ると、見た目の可愛《かわい》さ、若々しさもあって目立った。そして、ここ二回、続けて信子はミキに負けている。

マスコミも、今、市原ミキに目を向け始めていた。――コーチの中里もまた……。

「あ!」

危うく、足をねじるところだった。

シューズのマジックテープがはがれた。足を止めてかがむと、テープの裏が裂けている。

これでは走れない。――信子は、諦《あきら》めて中里コーチの車が追いつくのを待つことにした。道のわきの木立ちの間へ入って、腰をおろす。――草のかげに隠れるような格好になったが、車が来ればすぐに分る。

信子は、心臓の鼓動が指先にまで届くほど響き、汗がふき出してくるのを、じっと動かずに感じていた。――何もしない方がいいのだ。こうしてじっとしていれば、やがておさまってくる。

市原ミキが走って来る気配もなかった。もしかして、やはり途中で調子を狂わせて車に乗ったのだろうか。

八つも年下のミキに、信子はできる限りやさしく接している。いや、そのつもりだ。信子の中に、ミキが自分を追い抜いて行くことへの不安がないわけではない。だが、それを表面に出さずにいられるくらいには、信子は大人だった。

ミキが、そんな信子の気のつかい方に気付いているかどうかは分らないが……。

車の音がした。

じゃ、ミキもやはり乗せてもらって来たのだ。中里の車が、ミキを追い越して来るわけはないのだから。

信子は、立ち上る前に車がすぐ前に停《とま》ったのでびっくりした。

ドアが開いて、

「ここから走るわ」

という声が聞こえた。ミキだ。しかし、元気そうな声である。

「気付かれるぞ。信子はベテランだ」

中里の声である。

「私、名優なの。ハアハア苦しそうにして見せるのなんか簡単よ」

「そう先には行ってないと思うがな」

「追い抜いて見せるわ、あの小屋の所までに」

「じゃ、頑張れ」

信子はそっと頭を出した。

信じられない光景が、信子を待っていた。

小型車のドアを開けたまま、中里とミキが、車の中と外でキスしていたのだ。

「じゃあね！」

ミキが駆けて行く。

中里は、少し待ってから車をスタートさせた。

信子は、道へ出て、遠ざかって行く中里の車が木々の合間に消えていくのを見送っていた。

コーチがミキと?　中里コーチ……。

今、三十八歳の中里は、信子の大学時代からのコーチである。信子がK食品に入社するとき、コーチとして一緒に入ったのだ。

そして……。

妻のいる中里を、信子は愛してしまっていた。そのことは、陸上部の中では公然の秘密だったのである。

だが、ミキが中里と——。

信子は、汗が乾くのも忘れて、呆然《ぼうぜん》と道の真中に立ちすくんでいた。

日が突然かげって、信子は一瞬身震いした……。

1　特別出演

「先生、遅くなってごめん！」

と、弾《はじ》けるような声と共に谷山《たにやま》助教授の研究室に飛び込んだ亜由美《あゆみ》は、思いもよらない場面を目にして足を止めてしまった。

で——後からついて歩いていた、親友の神田《かんだ》聡子《さとこ》は、亜由美に追突してしまったのである。

「亜由美！　急に立ち止んないでよ」

と、文句を言って、「どうしたって——」

肩越しに中を覗《のぞ》き込んで、聡子もびっくりした。

といって、谷山助教授が女子大生と抱き合っていたというわけではないので、亜由美が失恋するのかと心配された方はご安心いただきたい。

しかし、やはり、大の大人が床に這《は》いつくばるようにして手を突き、頭を下げているという光景は、そうざらに見られるものではない。谷山が頭を下げているのではなく、下げているのは、どう見ても五十になろうかという禿《は》げたおじさん。谷山の方は困り切った表情で椅子《いす》にかけている。

「後で来る？」

と、亜由美は訊《き》いた。

「いや、いいんだ。入ってくれ。神田君も一緒か」

と、谷山は言った。

この大学の二年生、十九歳の塚川《つかがわ》亜由美は、目下谷山と「交際中」。とはいえ、何かと事件に巻き込まれることの多い亜由美と付合うのは「命がけ」のことなので、二人の間はなかなかロマンチックに展開してくれないのだ……。

「どうしたんですか？」

と、聡子が訊く。

「いや、このお客はもうお帰りだから」

「帰らん！」

と、その客は床に座り込んだまま、言った。「君にウンと言わせるまでは、死んでも社へ帰らん。そう決心して来たのだ」

「じゃ、死んで下さい」

と、谷山は冷たく言った。「運び出しはやりますから。その窓から投げ捨てるだけですけど」

「君……。谷山君！　それが恩師に向って言うことか！」

と、男は大げさに天井を仰ぎ、「師弟の情《じょう》は失われてしまったのか！　それならいっそ、君の手を煩《わずら》わすまでもなく、俺《おれ》自ら飛び下りて果てよう！」

と立ち上り、窓の方へ大股《おおまた》に進んで行く。

亜由美は仰天して、

「ちょっと――。先生、止めて！」

「放っとけ」

と、谷山は手を振った。

「では、さらば！」

と、男は窓を大きく開け放つと、片足を窓枠にかけた。

「やめて下さい！」

亜由美は駆けて行くと、男を後ろからがっしと羽交いじめにした。

「離してくれ！　武士の情《なさけ》！」

忠臣蔵じゃあるまいし、なんて思ったが、

「あ、そうですか」

と離すと、弾みで本当に落っこちそうなので、

「ともかく落ちて――いえ、落ちついて！」

と、中へ引き戻す。

「ドラマチック！」

と、聡子はのんびり見物している。

「全くもう！　――どうしたっていうんです？」

「よく訊いてくれた。私は木下将治《きのしたまさはる》。かつて、この谷山の恩師だった」

自分のことを「恩師」って言うか？　亜由美は首をかしげた。

「この私のごく簡単な頼みを、谷山は拒んだのだ！　神も仏もないのか！　ここで断られたら、私は生きて明日を迎えることはできんのだ！」

芝居がかった人だわ、と亜由美は思ったが、といって、死ぬというのを黙って見ているわけにもいかない。

「こんなに頼んでるんだから、聞いてあげれば？」

と、亜由美は言った。

「君はやさしい人だ！」

と、木下と名のった男は、亜由美の手を固く握り、「これに指を」

「え？」

何か、親指にペタッとついたと思うと、いつの間にか木下の取り出した書類らしきものにグイッと拇印《ぼいん》を押していた。

「ありがとう！　これで私は救われた！」

と、木下は、早速ティシュペーパーを取り出し、亜由美の親指の朱肉を拭《ふ》く。「君の名前は？」

「塚川……亜由美ですけど」

谷山は呆気《あっけ》に取られていたが、

「――おい！　だめだ、そんなもの、無効ですよ！」

と、あわてて言った。

「なに、ちゃんと契約は成立さ。いや、亜由美君、明日は待ってるからね」

「明日？」

「大したことじゃない。我がS新聞の主催するイベントに、ちょっと出てもらうだけなんだ！　じゃ、いいね。待ってるよ！」

木下は、大股に出て行ってしまった。

「――何なの、あれ？」

と、聡子が言った。「S新聞の人って、本当ですか？」

指折りの大新聞だ。

「――君、何てことをしたんだ」

と、谷山が頭を抱える。

「先生……」

「僕はこの大学の陸上部の顧問をしてる。知ってるだろ？」

「ええ。女の子の足が見たいからでしょ」

「そうじゃない！」

と、谷山は赤くなっている。

「どうせその辺を、ちょこちょこ駆けてるだけじゃないですか、うちの陸上部なんて」

と、聡子が言った。

「その中から、何とか女の子を一人、出場させてくれと頼みに来たんだ」

と、谷山は言った。「あの人はS新聞のスポーツ企画部って所にいて、明日の大会の責任者だ。ところが、参加選手が急に何人か出場を取り消して来て、TV中継のスポンサーから文句を言って来た。三十人を切ったら、スポンサーを下りると言うんだ。それが今、参加二十九人。あと一人、格好だけでもふやさないと、責任問題になる。それで、僕の所へやって来たんだ。昔、僕の家庭教師だった、ってだけでね」

「家庭教師で『恩師』？」

「だから放っとけって言ったじゃないか」

亜由美は我が身の早とちりを呪《のろ》った。——いつものことだが。

「でも、亜由美、契約しちゃったんだよ。出なかったら、訴えられるかも」

と、聡子がおどかす。

「そんな……」

と、亜由美がむくれて、「出りゃ文句ないんでしょ、出りゃ」

「いいさ、放っときゃ」

「いやよ！　自分で契約書に拇印を押した以上、その責任は潔くとるわ」

と、亜由美は言った。「で、何の大会？　パン食い競走か何か？」

「そんなもの、TV中継する？」

「それじゃ――」

「〈S新聞　秋の女子マラソン大会〉だよ」

と、谷山が言った。

「マ、マ、マラソン？」

「うん。――国際大会への出場権をかけた、フルマラソンだ。四十二・一九五キロ、走るんだよ」

亜由美は愕然《がくぜん》とした。

「――四十二メートルじゃだめ？」

「——お待たせして」

と、息を切らしながらやって来た女性が言った。

そして、信子と中里コーチの間の不自然な沈黙に気付くと、

「あの……シューズができたのでお持ちしたんですけど……」

「いいんだ」

と、中里が肯《うなず》く。「後で」

その言葉は、信子に向けられたものだった。

「——ええ」

信子は、少し間を置いて言った。「後で、ね」

中里は、グラウンドから足早に立ち去って行った。ナイター照明の青白い光が、その後ろ姿を昼間以上にくっきりと浮き上らせている。

「多田さん……」

と、植田《うえだ》英子《えいこ》は言った。

「いいの。——助かったわ。明日が本番ですものね」

「すみません。何回もテストを繰り返してたものですから、遅くなって。もう大丈夫。決してテープ部分がはがれることはありません」

「はいてみるわ。明日はいて、問題あると困るものね」

と、信子は新しいシューズを受け取って、「軽いわ。——いい感じ」

「ぜひ、勝って下さい」

と、植田英子は言った。「これ、〈Gスポーツ〉の社員として言ってるんじゃありません。あなたのファンとして言ってるんです」

信子は微笑《ほほえ》んだ。

トレーナー姿の信子は、実際よりふっくらとして見える。

そのまま人工芝の上に腰をおろして、新しいシューズにはきかえる。

植田英子は、胃の辺りが刺すように痛むのを感じた。

考えてみたら、昼食も忘れている。もう、夜の八時だ。

とても、そんな余裕がなかったのである。

多田信子は、今〈Gスポーツ〉の靴を宣伝してくれるトップの選手だ。その靴が故障した。——これは、営業のベテラン、英子にとって最大の問題だったのである。

欠陥を直し、更にいい靴を。——今、スポーツシューズの業界は激しい競争の中にいる。

優勝選手がどこのシューズをはいていたか、が大きく売行きを左右するからだ。

しかし、言葉だけではない。英子は心から信子を応援していた。信子の「担当」としてもう五年、ピッタリとそばに付いている。

信子は、決して無理を言わなかった。中にはメーカーに対して「スター気どり」のわがままを言う選手もいるが、信子はあくまで「K食品の社員」という立場を忘れない。

英子は、信子が新しいシューズで軽くその辺を走り回るのを、ホッとしながら眺めていた。

「——いいわね」

と、信子は肯いた。「ぴっちり締って、それでいて圧迫感がないわ。一番の出来じゃない？」

「そう言って下さると……」

英子はホッとして——お腹《なか》がグーッと鳴った。信子が笑って、

「飢え死にしない内に何か食べた方がいいわ。——私も付合うわよ」

「もう、トレーニングは？」

「後は本番。今夜、ゆっくり眠るだけよ」

二人は、ロッカールームの方へ歩いて行った。

英子は、信子に中里と何かあったのか、訊いてみたかった。——野次馬《やじうま》的な好奇心も全くないわけではなかったが、中里との仲についてはむろん知っていたし、このところ市原ミキの方に中里が力を入れていることも耳にしていたからだ。

だが、明日が大きな大会というとき、そんな話でわざわざ信子の気持を乱すのは、英子のしてはならないことである。

「そういえば、ミキさんの担当が心配してました。連絡がつかないって。シューズ、問題ないといいんですけど」

英子の言葉に、信子は目を見開いて、

「知らないの?」

と言った。

「何かあったんですか?」

「中里さん、あなたの所へ何も言わなかったのね」

「というと……」

英子が思わず足を止める。そこへ、聞き憶《おぼ》えのある、高い笑い声が聞こえて来た。

「——市原さん。〈Gスポーツ〉の植田です」

と、英子が挨拶《あいさつ》して、「あら……」

市原ミキは、スラリとした足を出したミニのドレス姿だった。

「今夜はパーティだったの。信子さん、走ってたの?」

「少しね」

「真面目《まじめ》だなあ。私はパーッと遊んで、ドッと寝て。明日は気分を切り換えて走るわ」

と、ミキはグラウンドを眺めて、「コーチは?」

「さっき出て行ったけど」

「そう。じゃ、ロッカールームかな。いいわ、別に会えなくっても」

ミキの傍《そば》に、三十くらいのスラリと長身の男が立っていた。スーツ姿が、グラウンドには似合わない。

「植田さんでしたね。どうも」

と、男の方から会釈して来た。

「あなた、確か、〈Nシューズ〉の方ね」

英子の言葉に、ミキが代って答えた。

「市原和樹《かずき》。兄ですの」

「お兄様？　――そうですか」

英子の顔色が少し変った。

「そういうわけで、私、明日からは〈Nシューズ〉をはくの。よろしくね」

英子は何か言いかけて、やめた。

「そうですか……。残念ですわ」

「じゃ、信子さん、明日ね」

市原ミキは、兄を促してさっさと戻って行く。

「――言わなくて良かったわ」

と、信子が言った。「あの人には通じないわよ、言っても」

「そう思ったんで、やめました」

〈Gスポーツ〉は、ミキとの間にも、一応契約というほど正式なものではないが、〈覚書〉を交わしている。何の通告もなしに他メーカーのシューズをはかれては困るのだが、ミキにそう言っても、怒るだけだろうと思ったのだ。

「でも、変ね」

と、信子は言った。「中里さんが、あなたの所へちゃんと話をしたはずよ。そう言ってたのに」

「何も聞いてません」

英子は四十歳で、今、主任の肩書を持っている。話が通っていれば、英子の耳に入らないはずはないのだ。

「人間の世界は色々ね」

と、信子は言って、英子の肩を軽く叩《たた》いた。

「さ、何か食べて帰りましょ。今日は私がおごるわ」

「とんでもない！」

英子は、明るい口調に戻って、「いいものを少し食べて。変なもの食べて、明日お腹でも痛くなったら大変！」

「はいはい。あなたの方がコーチみたいね」

と、信子は笑って言った。
二人は、長年の友だち同士という様子で、ロッカールームへと歩いて行った。

2 前夜

「ワン」

と、ドン・ファンが笑った。

「人のこと馬鹿《ばか》にして」

と、亜由美はドン・ファンをにらんで、「あんただって走ってごらん。私の方が速いんだから」

比較するのは酷というものだ。ドン・ファンは、胴長短足のダックスフントなのだから！

「ドン・ファンに当って、どうするの」

と、母の清美《きよみ》がたしなめた。「自分が馬鹿なんだから仕方ないじゃない」

「あのね」

亜由美は、夕ご飯をやけ気味に詰め込みながら、

「自分の娘をそう『馬鹿、馬鹿』って言わないでくれる？」

「一回しか言ってないわ。二回も続けて『馬鹿、馬鹿』なんて言わないわよ」

母親に言ってもむだなのである。

「明日、四十二・一九五キロを走り切った所でバッタと倒れて息を引きとったら、泣いてよね」

「大丈夫。死ぬ前に貧血起して倒れるわ」

と、清美が保証（？）すると、

「何にせよ、力を尽くして死ぬのなら、誇るべきことだ」

と、父、塚川貞夫《さだお》が言った。「そこに記念碑をたててやる」

「〈アホな娘、ここに眠る〉とでも彫るんでしょ」

「何を言うか！　私はいやしくもお前の父だぞ！　当然、〈娘は父親に似ず馬鹿だった〉と彫るのだ」

「ワン！」

ドン・ファンが賛意を表して、亜由美は一人、ふてくされていたのである。

「おかわり！」

「そんなに食べて大丈夫？　マラソンの途中でトイレに行きたくなったらどうするの？」

「そんな心配しないで！　エネルギーのもとは食事！」

「はいはい」

と、清美はご飯をよそって、「明日の朝、炊かないと間に合わないわね」

「明日、日曜日よ」

「だって、お弁当作ってかなきゃ。長いんでしょ、マラソンって」

亜由美は、まさか、という顔で、

「──見に来る、なんて言わないよね」

「あら、どうして？　もちろん行くわ。ねえあなた」

「むろんだ！　娘が、我が身の処刑の身代りとなった友人を救うために走るのだ。見逃せるものか」

「それって、〈走れメロス〉じゃない？」

「そうだ。あれのアニメはこの間再放送していた。しかし、お前のマラソンは再放送はないだろうからな」

「どういう理屈？」

と、亜由美はふてくされたが、父に何を言ってもむだだと分っていたので、諦める。

エンジニアの父は、少女アニメを見て泣くのが唯一の趣味、というちょっと変った人なのである。

「あら、大変」

と、清美が何やらポンと手を打って電話へと駆けて行く。

「──亜由美」

と、貞夫が言った。

「何？」

「最後まで、力を振り絞って走り抜くのだぞ！」

「冗談じゃないわよ！」

と、亜由美は目をむいて、「駅まで走ったって、ハアハアいってしばらく動けないのに、四十二キロも走れるわけないでしょ」

「いや、人間、その気になればやれないことはない」

「私はね、お父さんのお気に入りのハイジと違って、年中アルプスの山を駆け回ってるわけじゃないの」

「哀れなハイジ！」

たちまち、貞夫はアニメの思い出にはまってしまった。「お婆《ばあ》さんのためにとっておいた白いパンを、捨てられてしまう。大人は、幼い純真な心を、踏みにじっていることに気付かんのだ！」

「はいはい」

と、亜由美は肩をすくめた。

「――良かったわ」

と、清美が戻って来て、「殿永《とのなが》さん、まだいらしたわ」

亜由美の、はしを持つ手が止った。

「――お母さん、今、殿永さんって言ったの?」

「そうよ」

「あの――刑事の殿永さん?」

亜由美がよく事件に巻き込まれると、何かと「手数をかける」のが殿永部長刑事。

「他に同じ名前の人、知ってるの?」

「そうじゃないけど……。何で殿永さんにお母さんが電話するの?」

「あんたに変ったことがあれば知らせて下さいって言われてるんだもの」

「じゃ――マラソンに出るってこと、話したの、わざわざ? 呆《あき》れた!」

「TV中継があるから見て下さい、って言ったの。でも考えてみたら、あんたがTVに出るのって、きっとスタートのときだけでしょ。殿永さんがずっと十時間もTVを見てたら申しわけないから……」

「いくら何でも、十時間もやらないわよ」

「あらそう。――でも、大丈夫。明日はお休みなんですって、殿永さん」

亜由美はまじまじと母を見て、

「まさか……見に来るんじゃないでしょうね、殿永さん?」

「喜んで応援にうかがいますって。頑張ってね。お母さん、殿永さんの分もお弁当を作るわ！」

清美の笑顔を見て、亜由美は頭を抱えてしまった。

「クゥーン……」

ドン・ファンが、一人、同情するように鳴いた……。


「おやすみなさい」

と、市原和樹が会釈した。

「おやすみ、お兄さん」

と、ミキが手を振る。

中里が、グラスを空けて、

「さて、行くか、俺《おれ》も」

と、立ち上る。

「あ、ここは私が。——お任せ下さい」

「そうか？　悪いね」

中里は、支払いを市原和樹に任せて、ミキと二人でホテルのバーの中に残った。

「さて、と……」

中里が腕時計を見て、「もう寝た方がいいぞ。明日は早い」

「大丈夫。これぐらいで、調子崩しゃしないわよ」

ミキは、カクテルを飲み干した。

中里も、分っている。今のミキは、若く、天性の足を持っている。確かに、少々飲もうが、寝不足だろうが、明日のレースでは信子を抜くだろう。

そういう時期があるのだ。長くは続かないのだが、当人はそう思わない……。

「どうする?」

中里の目はテーブルのルームキーを見ていた。

「よく眠れるようにして」

と、ミキは少しうるんだ目で中里を見つめた。

「よし。じゃ、行こう」

中里がキーを取る。

ホテルの部屋も、市原和樹が〈Nシューズ〉の払いで借りてくれたものだ。

中里は、ミキの肩を抱いて、エレベーターに乗った。

「明日は、信子さんの引退興行ね」

と、ミキが言った。「ショックで立ち直れないくらい、差をつけてやるわ」

ミキが信子のようなタイプを嫌っていることは、中里も知っている。それが「ライバル意識」として、いい形で出ればいいのだが。

「あんまり信子のことばかりマークするな、他に何人もいるんだぞ」

と、中里は言った。

「分ってるわよ……」

ミキが中里の顔を引き寄せてキスする。

エレベーターの扉が開いた。

二人は、笑いながら離れてエレベーターを出ると——。

目の前に、青ざめた女が立っている。

「——知香《ちか》」

と、中里が言った。「何してるんだ」

「市原ミキさんね」

と、女は言った。「中里の妻です」

小柄な、スーツ姿の知香は、化粧っけのない、地味な印象である。

「どうも」

と、ミキは会釈して、「じゃ、コーチ、また明日」

と、中里の手からキーを取ると、スタスタ歩いて行った。

中里は、しばらく黙って妻と向い合って立っていたが、

「俺はただ——」

と言いかけて、「分った。むだだな、言いわけしても」

知香は、じっと夫を見つめていた。

「言っとくが、謝る気はないぞ」

「謝ってくれなんて言ってません」

と、知香は言った。「多田さんは知ってるの?」

知香は、夫と信子の間を、以前から知っている。

「いや」

「嘘《うそ》。あなたは嘘つくとき、いつもそうやって目をそらすのよ」

「だったらどうだ。お前と何の関係がある!」

「多田さんのことは恨まなかったわ」

と、知香は言った。「ただ、あなたなんかを愛して、気の毒に、と同情するだけだった。

でも、市原ミキさんは違う。罪の意識も、遠慮もないのね」

「どっちだって同じだろ」

と、中里は笑った。「女は女だ」

「いいえ」

と、知香は首を振った。「——いいえ、全然違うのよ。あなたには分らないんだわ」

「ああ、俺は分らず屋の亭主だ。それだからって、どうしろって言うんだ?」

「——どうもしてくれとは言ってない。ただ、市原ミキさんを見たかったの」

知香は息をついて、「もう見たから帰るわ」

知香がエレベーターのボタンを押す。すぐ扉は開いた。

「一人で帰るのか」

「じゃ、誰《だれ》と帰るの?」

知香はそう言って、扉を閉めるボタンを押した。


ハッ、ハッ、とリズミカルな呼吸。

夜の道を走るランナーも、当節は珍しくない。車も少ないし、人の邪魔にもならない。

ランニングをするためには、色々とメリットがあるのだ。

むろん、欠点もないではない。——こんな時間に走っているのは、スポーツ選手ばかりじゃないのだ。

加山俊二は、汗が背中をじっとりと濡《ぬ》らすのを感じた。マンションへ帰ったら、シャワーで流そう。

その後で飲む生ジュースがおいしいのだ。

いや、実際のところ生ジュースなんて、そんなに旨《うま》いものではない。しかし、人間、「ごほうび」を楽しみに張り切るという点、大人も子供も変りない。

こんなときは、「自分で自分に、ごほうびをあげる」ことが効果あり、というわけなのである。だから、現実以上に、

「生ジュースはおいしい！」

と、自己暗示をかけているのだ。

さて、もう少し。

角を曲ると、勤め帰りのOLらしい後ろ姿が見える。

こんなときは気がねである。

「誰かが自分の後ろから走って来る」

というのは、怖いものだ。

加山は、わざと大きく足音をたて、道幅一杯、その女性から離れて走る。できるだけ遠くを駆けて追い越したいのだ。

チラッと不安げに彼女が振り向くのが見えた。——見るからにランナーらしいウェア姿に、少し安堵《あんど》した様子だが、それでも、用心していることは気配で分る。

大丈夫。僕は痴漢でも通り魔でもありませんよ！

加山は少し足を速めて一気に彼女の前に出た。——これで安心しているだろう。

すると——後ろからバイクの音が近付いて来た。

加山はまた少し端に寄った。

「キャッ！」

女性の甲高い声が耳に飛び込んで、加山は振り向いた。

「待って！　返して、私のバッグ！」

バイクに乗った若い男が、そのOLのハンドバッグを引ったくったのだ。

ブルル、とエンジンの音を高くして、バイクは走り去って行く。

「泥棒！」

OLは追いかけようとしたが、ハイヒールでは数歩も駆けたら転びそうになってしまう。

バイクは走り去って行く。

「待ってなさい」

と、加山は言った。

そして――バイクを猛然と追いかけたのだ。バイクまで、約四十メートル。

たちまち加山の中の「エンジン」が全開になり、バイクの男の背中が見る見る近付く。

男が振り向いた。――加山がぐんぐん迫って来るのを見て啞然《あぜん》とする。

前方不注意。――後ろを向いていたのだから、当然である。

道の凹《くぼ》みにタイヤがはまって、バイクは横転した。投げ出された男は、そのままのびてしまう。

加山は肩で息をつくと、男の手からバッグを取り上げた。

あのOLが、小走りに追いかけて来る。

「——さ、あなたのバッグだ」

「ありがとうございます!」

と、バッグを抱きかかえるようにして、「今日、月給日だったんです! 助かりました!」

「僕は、一一〇番してこいつを突き出してやりたいんですが。——あなた、どうします?」

「ええ、むろん」

「決った。じゃ、電話して来て下さい。僕はこいつが逃げないように見張ってる」

「はい!」

と、彼女は肯《うなず》いて、「あの……凄《すご》く速いんですね、走るの」

「え? ああ。——ま、一応百メートルの選手なので」

「まあ」

目を丸くした彼女が、「この引ったくりも、運が悪かったのね」

と、言って笑ったとき、加山は名前もまだ知らないこのOLと恋に落ちたのだった……。

3　朝

市原ミキは、夜明け前に目が覚めた。

「――今日か」

と、ベッドに起き上って呟《つぶや》く。

いつもの自分のベッドとは違っていても、それくらいで眠れないということはない。――多田信子は、いつも、

「大きな大会の前の晩はほとんど眠れないわ」

と言っているが、本当かどうか。

いや、信子のことだ。正直に言っているのだろう。特にミキに対しては、

「公平でいよう」

とするから、きっと本当のことを言っているのだ。

そういう信子が、ミキは大嫌いなのである。「勝つことより、人間としての成長が大事」とか、「走ることは目的じゃなくて、人生を楽しむ手段の一つ」とか……。

そういう「きれいごと」を聞くと、ミキはゾッとする。――勝つこと。それしかないの

だ。

他人を蹴落《けお》としても勝って、有名になる。——人生の楽しみも、人間の成長も、その後、初めてやって来る。

ミキはそう思っていた。

時間を確かめる。——大丈夫、充分に間に合う。

ミキは服を脱ぎ捨てて、バスルームへと入り、シャワーを浴びた。——一旦《いったん》、マンションに寄って、ウェアやシューズを持たなければならない。

シャワーを浴びていると、何か鳴っているようで、コックをひねってお湯を止めた。電話だ。

きっと中里か、でなければ兄の和樹だ。

バスタオルを取り、体に巻きつけてバスルームを出た。

ベッドのわきの電話を取ると、

「はい。——もしもし？」

と呼びかける。「——もしもし」

「今日は出るのをやめなさい」

「え？　よく聞こえない」

「今日は出場しないこと……」

「何ですって？」

遠い、かすれた声で、男か女かも定かでない。

「——誰《だれ》なの？」

「出るのをやめなさい。命が惜しかったら」

と、その声は言った。

「馬鹿《ばか》言わないで」

と、ミキは言った。「いたずらはやめてよ」

プツッと電話が切れて、ツーツーという連続音が聞こえて来た。

「フン」

と、言ってやって（向うに聞こえるわけではないにせよ）、ミキはもう一度バスルームへ戻った。

「気分悪い！」

というわけで、改めてシャワーを浴びる。

一体誰だろう？　とかく、目立ってくれればそれをねたむ人間が出て来るものだが。

ただ——ふと、気が付いた。——このホテルに泊っていることを、今の電話の人物はどうして知っていたのだろう？

今度はていねいにバスタオルで体を拭《ふ》き、バスローブをはおって出て来ると、また電話が鳴った。ドキッとしたが、出ないわけにもいかない。

「――もしもし」

「やあ、起きてたか」

中里だ。ミキはホッとした。

「昨日はごめん。まさかあんなことになるとは思わなくてね」

「いいわよ。こっちも承知の上だもん。奥さん、どうした?」

「さっさと帰っちまった。よっぽどそこへ行こうかと思ったが、何だかタイミングを外されてね」

「レースの後でもいいわよ」

「優勝祝いか?」

「もちろん!」

と、ミキは言ってのけた。

「迎えに行こうか?」

「信子さんの手前、まずいでしょう。大丈夫。一人で行くわ。スタート地点で会いましょ」

スタートは、ゆうべ信子と会ったグラウンド。ゴールも同じである。その間、コースは町の中のかなり入り組んだ道を辿《たど》って行く。

疲れたランナーは、方向感覚を失って、目の前にゴールがあるのに逆の方へ駆け出してしまったりもする。

普段、四十キロ走っても大丈夫な者でも、本番の緊張や体調によって、そうなることがないとは言えない。

四十二・一九五キロ。——長い長いその道のりの間には、何が起ってもふしぎではない……。

「ミキ、大丈夫か？」

と、中里が言った。

「ええ」

さっきのいたずら電話のことを話しておこうかと思ったが、会ってからでもいい、と思い直した。

「じゃ、もうチェックアウトするから」

と、ミキは言って電話を切った。

「どうだ！」

と、神田聡子が言った。

亜由美は唖然《あぜん》として、三メートルもある横断幕を眺めた。

「これ……いつ、作ったの?」

「ゆうべ、徹夜よ!」

「聡子、すごくヒマ、もしかして?」

「失礼ね。友情の証《あかし》じゃない」

「どこが」

と、亜由美は腕組みをした。「大体ね、よく見なよ、私の名前」

「え?」

聡子は、床に広げた横断幕を見下ろして、「——あ、いけね。〈ガンバレ、唖由美!〉になってら」

「あんた、それでも大学生?」

「ワン」

ドン・ファンが面白がっている。

「さあ、ちゃんと朝ご飯食べて」

と、清美が呼びに来た。

「はいはい」

亜由美は欠伸《あくび》しながら下のダイニングへ下りて行ったが、

「おはよう!」

と一斉に声をかけられて、アッという間に目が覚めてしまった。

朝食のテーブルに、父、貞夫だけでなく、殿永刑事の巨体と、谷山までが並んでいたのである。

「今日は、あなたの新しい才能を発見することになるかもしれませんな」

と、殿永はニコニコしている。

「せめて、グラウンド出てから棄権するならしてくれよ」

と、谷山が失礼なことを言い出して、亜由美はカチンと来た。

「私が、もし四十二キロ走り切ったら、どうする？」

「感心する」

「それだけ？」

亜由美はむくれて、「『何でも好きなものを買ってやる』くらい、言えないの？」

「何でも好きなものを買ってやる」

と言ったのは、父親の貞夫。

「お父さん、本当？」

「少女アニメに二言《にごん》はない」

と、妙なセリフで決めて、「再放送はあるが」

「約束だよ！」

とは言っても、当人だって、完走できるなんて思っちゃいないのである。

「さ、フルーツもあるわ」

「これがこの世の食べおさめかもしれん、味わって食べるのだぞ」

「お父さん……。私が死にゃいいと思ってるの？」

「いや、そのつもりで食べろということだ。何ごとも命をかけてやれば、道は自《おの》ずと開ける」

「それより、道、間違えないで」

と、聡子が言った。

「いや、きっと塚川さんは最後まで走り切ると思いますな」

と、殿永が言う。「いつもの粘りを見せてくれるでしょう」

「コメントはいいから、食べましょう」

と、亜由美はさっさと自分の分のフルーツを食べ始めた。

どうぜ、数を揃《そろ》えるだけのことだ。気楽な立場である。

「でもね――」

と、聡子が言った。「まさか、マラソン大会で殺人事件はないよね」

「いやなこと言わないで」

と、亜由美は言って、チラッと殿永と目を見交わしたのである。

多田信子は、まだほとんど人影のないグラウンドへ歩み出ると、深呼吸した。

TV中継のためのスタッフが何人か動き回っているが、それだけだ。――天候はまずまずだろう。

雲は出ていたが、晴れてくるという予報だった。

「――早いですね」

という声に、びっくりして振り向く。

「植田さん！」

〈Gスポーツ〉の植田英子である。

「眠れなくて。どうせ苛々《いらいら》してるのなら、と思って、来ちゃったんです」

「私と違って、走るわけじゃないのに」

と、信子は笑って言った。

「今日は、市原さんとの勝負ですね」

「勝てないでしょ。でも、あの人は、絶対に私を負かしてやる、という気持でやって来る。その気負いが、足を引張るかもね」

むろん、信子だって勝ちたい。――特に中里のことがある。

今日、ミキが勝てば、中里は信子を見離すだろう。

「何か作戦は?」

と、英子が訊《き》く。

「精一杯走る。それだけよ」

誰でもそう答える。内心ではあれこれ考えているのだが。

「軽く足をならすわ」

シューズが新しいので、信子はグラウンドを軽く一周した。

英子がそれを眺めていると、

「——ほら、あれが多田信子さんだ」

と、男の声がした。

「あら、加山さん」

「やあ、植田さん。早いね」

加山の靴も〈Gスポーツ〉の特製である。もちろん、長距離と短距離は全く違う。担当者も別にいたが、英子は加山とも気が合った。

加山は、若い女性を連れていた。

「あの……この人、僕の婚約者で、生沢範子《いくさわのりこ》さん」

と言って、加山はポーッと赤くなってしまった。

英子はびっくりした。

「まあ！　――おめでとうございます」

「いやいや……」

と、加山が照れる。

英子が自己紹介し、相手が、

「生沢範子です」

と、きちんと頭を下げる。

「いつからのお付合い？　全然知りませんでした」

「そりゃそうだよ。ゆうべ初めて会ったんだもん」

呆気《あつけ》に取られている英子の方へ、信子が戻って来る。

「――調子いいわ。あ、加山さん、おはよう。――どうしたの？」

信子は、英子の肩を叩《たた》いて、「ね、どうかしたの？」

「あ……。いえ、ちょっと……。ゆうべですって！　信じられます？」

「何のこと？」

と、信子は目をパチクリさせるばかりだった……。

4　スタート

「疲れた……。もうだめだ！」

と、亜由美はベンチに座り込んだ。

「ちょっと！　まだ走ってないでしょうが！」

と、聡子がにらむ。

「そんなこと言っても……。大体、寒いのよ、この格好」

「ワンピース着てマラソンやるつもり？」

「そうじゃないけど……」

「走り出しゃ、暑くなるって」

「走ったこともないくせに」

「クゥーン……」

「ああ、びっくりした！　ドン・ファン、何してるの？」

「そりゃ、あんたにとっちゃ天国よね。女子の更衣室なんて」

「ワン」

「変なことで張り切るな」

と、亜由美はドン・ファンをにらみつけてやった。

あのＳ新聞の木下という男が、シューズを用意しておいてくれたのだが、はき慣れないので、これをはくだけでくたびれてしまった。

「聡子、私、お腹《なか》が……」

「痛むの？」

「空《す》いた」

「あのね――」

と、聡子は言いかけて呆《あき》れたように口をつぐんだ。

「あら可愛《かわい》い犬」

と、女子選手が一人、ドン・ファンを見てやって来る。「お利口さんね」

「クゥーン……」

ドン・ファンはここぞとばかり鼻先をその女性の足にこすりつけたりしている。

「あ、多田信子さんだ。そうでしょ？」

と、聡子が気付いて言った。

「ええ。――あなた、初めて？　あんまり見かけないみたい」

と、亜由美を見て言う。

「ええ、初めてなんです」

まさか、「走ったことがない」とは思ってもいないだろう。

「そう。大きな大会だって、距離は同じよ。練習のときと同じ気持で走ればいいのよ」

と、多田信子は言った。「じゃ、頑張りましょうね」

「はい、ありがとうございます」

と、亜由美は言って、「――今の人、有名なの？」

と、小声で聡子に訊《き》く。

「うん。亜由美、知らないの？」

「知ってるわけないでしょ。オリンピックの中継だって見ない人なのに」

自慢じゃないが、スポーツには強くない。

「分った」

「何よ？」

「亜由美は、殺人犯に追いかけられれば新記録も出るよ」

そこへ、誰《だれ》かが入って来た。

他にも何人も選手がいたが、その一人はどこか違う雰囲気を漂わせている。

「――市原ミキだ」

と、聡子が小声で、「今日、多田信子とトップ争うのよ、きっと」

「へえ……。私、誰とも争わずにビリになってみせる」

と、亜由美は自信（？）のほどを見せた。

「じゃ、私、行くね」

「ドン・ファンの奴《やつ》、連れてってね。興奮して失神するといけない」

亜由美は、ドン・ファンが渋々《しぶしぶ》（？）聡子について出て行くと、やれやれ、とため息をついた。

とんでもないことになっちゃった。

四十二キロ！　――そりゃ若くて元気かもしれないが、それだけで走れる距離じゃない。

当然、「途中棄権」ということになるだろうが、百メートルや二百メートルじゃ、いくら何でもみっともない。

どのくらい走りゃいいだろう？

「あの……」

と、おずおずと声をかけてくる女性がいた。

「は？」

「塚川亜由美さんですか」

「そうですけど」

「良かった！」

なと思って」

と、その女性はホッとした様子で、「見るからに選手らしくないんで、きっとこの人だ

「あなたは？」

「生沢範子といいます。同じ身の上で」

「というと――」

「木下さんって、S新聞の方に頼まれて」

亜由美は呆《あき》れて、

「二人も？」

「また一人、欠場する人が出たんですって。それで、加山さんって私の彼氏が木下さんと親しいんで……」

「へえ……。じゃ、あなたも素人《しろうと》？」

「OLです。走るのなんて、小学校の徒競走以来かな」

「でも――さまになってますよ」

生沢範子は、スラリと手足が細くて、いかにもランナーらしい体つき。

「でも、速そうに見えて全然だめ、なんて恥ずかしいわ。塚川さんなんか、その点、大丈夫ですよ」

「そうですね」

と、笑ったものの――。

要するに、私は足が短くて太い、ってこと？

深くは考えないことにした。

「仲良く走りましょうね」

と、生沢範子はすっかり亜由美を「仲間」扱いしている。

亜由美は、確かに同じ「不運な仲間」ができたことは嬉《うれ》しかったが……。

もし、この人が私より断然速かったらどうしよう？

亜由美は、ひそかに心配しているのだった……。


「そうですね。二人が互いに刺激し合って、いい記録を出してくれるといいと思います」

と、中里がしめくくると、

「ありがとうございました！　――多田信子、市原ミキの両選手を育てた、中里コーチのお話でした！」

と、グラウンドにいるアナウンサーがカメラに向って微笑《ほほえ》んだ。

中里には、特にすることもなかった。

中里にとっては、気楽である。信子とミキ、どっちが勝っても、コーチとしての功績は中里のものになる。

「中里さん」

と、やって来たのが加山である。

「やあ、来てたのか」

「多田さんを見たいですからね」

加山は、多田信子と親しい。中里はふと思い付いて、

「加山君。――ちょっと来てくれ」

中里は、加山をマスコミの人間たちから離れた場所まで連れて行くと、「相談があるんだが」

「何ですか？」

「これは、僕ら二人だけの話だ。いいかね？」

「怖いですね」

と、加山は笑って、「分りました。いいですよ」

「君、他へ移る気はないか」

中里の言葉に、加山は戸惑ったように、

「どういう意味です？」

「実は、ある大手企業から誘いが来てるんだ。今のK食品が悪いとは言わないが、何といっても企業としては小さい。今度の話のあった所は、施設も完備していて、ぜいたくなも

んだ。君も一度見てくるといい」

「K食品を辞めるんですか」

加山は肩をすくめて、「そりゃ、コーチのご自由ですからね」

「いや、移るに当って、選手を連れて行きたいんだ。コーチなんか、専門家は知っていても、一般の人にゃ誰のことやら、さ」

「じゃあ……多田さんも？」

「彼女には言っていない。というより、君が最初さ。君はこれからまだまだ伸びる。どうだい？」

加山は首を振って、

「僕は、走るだけで終りたくないんです。今は、ちゃんと仕事もしてるし、それで練習時間は削られるけど、却《かえ》って走るのが楽しい。——今の環境が、僕には合っています」

「そうか。残念だな」

と、中里は言った。「じゃ、今の話は聞かなかったことにしてくれ」

「分りました」

加山は、中里と別れて、すでに人が集まり始めているスタート地点へと歩いて行った。

「——やあ！」

と、S新聞の木下が大股《おおまた》にやって来る。「さっきは無理言って、すまん！」

「本当ですよ」

と、加山は渋い顔をして、「走ったことなんかないんですからね、彼女は」

「すまんすまん! 今度二人にフランス料理でもおごるよ。勘弁してくれ」

と、両手を合せて大げさに謝る。

憎めない男なのである。

「そんなことといいけど……。早々に脱落しちゃうだろうから、出た辺りで待ってますよ」

と、加山は言った。

が、木下は、他の誰かに目を止めて、

「あれ?――殿永さんだ」

「え?」

「いや、以前、社会部にいたとき世話になった刑事でね。見かけによらず切れる人なんだ!」

当人が聞いたら、どう思うだろう。

「しかし、なぜあの人が……。何か物騒なことでもあるのかな」

「木下さん! やめて下さいよ。縁起でもない」

「いや、しかしね、あの人が現われるってことは……。誰かライフルを持った狙撃犯《そげきはん》でも潜んでいるのかな」

「面白がらないで下さいよ」

「面白がっちゃいないさ。しかし――ゴール寸前、銃声と共に走者がバタッと倒れて、謎《なぞ》の殺人事件、なんて格好の話題作りになる」

「バーン」

と、加山が指先をピストルのつもりにして、木下を撃った。


合図のピストルが鳴った。

ワーッと選手が一斉にスタート。

一斉に、といっても三十人からの人数である。初めの数人がパッと出て、後は何となくゾロゾロと動き出す。

「じゃ、頑張りましょ」

と、生沢範子が言って、亜由美ともどもおしまいの方からスタート。

「頑張れ、亜由美！」

と、聡子の声が耳に飛び込んで来た。

「死ぬなよ！」

と、谷山。

「ワン」

これは、もちろんドン・ファンである。

「――行け、我が娘よ！　天国から、ハイジのお婆《ばあ》さんがお前を見守っとるぞ」

亜由美は、その「声援」から早く離れたくて、思わず足を速めたのだった……。

5　死体

それにしても――こうも違うもんか。

亜由美だって、TVのマラソン中継なんかを見ることがある。

しかし、実際に走っていると、トップの方の何人かなど、亜由美が全力で駆けても追いつかないほどのスピード。むろん、グラウンドから外へ出た時点で、とっくに見えなくなっていた。

それに、驚いたのは生沢範子が何とも軽々と走っていることだった。

「範子！　無理するな！」

外の道路へ出たところで、男の声が飛んで来て、範子は笑顔で手を振った。

あれが、加山とかいう百メートルの選手か。

亜由美は範子から事情を聞いていたので、加山という選手も、元から知っていたわけでは、もちろんない。

「――どうぞお先に」

と、亜由美は範子に言った。「私、もうだめ！」

「あら、もう少し頑張りましょ」

と、範子が言った。「ここは見物の人も多いし。少し行けば、沿道の人も減りますよ」

「そう？」

「ほら、TVカメラ！」

中継車が何の間違いか（？）亜由美たちを映している。

そうなると、亜由美もいかにも本物らしく、ちょっと顔をしかめて見せたりするのだった。

「少し前に出ましょ」

と言って、範子がピッチを上げる。

「──嘘《うそ》でしょ」

亜由美は思わず呟《つぶや》いた。

生沢範子は、まるきりの素人《しろうと》なんかじゃないのだ！

先頭集団は五人ほどで、三十メートルほどの間に並んでいる。

信子は二位。ミキはすぐ後ろにピタリとつけていた。

信子は、刺すような視線を背中に感じている。むろん、ミキのものだ。

でも、なぜそう敵のように思うのだろう？

中里を巡って、といっても、今はミキの方がずっと有利だ。そして、今日のマラソンでも、ミキはたぶん信子を抜くだろう。

それなのに、なぜそうも信子のことを恨んでいるように見えるのか。

――信子は、頭を振った。

ミキのことは考えまい。今は、走ること。それだけだ。

信子は、自分の足が軽やかに蹴《け》っている路面だけを、じっと見つめることにした。

「――中里さん」

と、その男が言った。

中里はギクリとした。

「あんたか……」

と、周囲を見回す。

グラウンドへ出る通路。――今は、中里とその男の二人しかいなかった。

黒っぽいスーツと、サングラスのその男は、どう見てもマラソンを見物に来たとは見えなかった。

「こんな所へ来ないでくれ」

と、中里は苦り切った様子で、「人目があるじゃないか」

「どこへでも行きますよ。金を返してもらうまではね」

と、男は言った。

中里は、壁にもたれて、

「返すよ。もう少し待ってくれりゃ」

「充分に待ったと思いますがね」

と、男は言った。「いいですか。一千万は少ない額じゃない。こっちとしても、あんたに消えられちゃ困るんでね」

「消えるもんか。——俺《おれ》はこの世界じゃ有名なんだ！」

「有名だからこそ、困るんでしょ。バクチの借金がかさんでると知られたら」

「もう少し待ってくれ。今日、優勝した方の選手を連れてよそへ移る。そこで金が入るんだ」

「だといいですな」

「本当だ」

「本当でないと、あんたが困ることになりますからね」

と、男は言って、冷ややかに笑うと立ち去った。

中里は、そっと冷汗を拭《ぬぐ》った。

「——畜生」

と、思わず呟いて、ふと人の気配に気付いた。

植田英子が立っていたのである。

「君か……」

「中里さん。——今の話、聞きました」

英子は中里の方へ歩み寄ると、「そのせいだったんですね。うちの社へ借金を申し入れたって、聞きました」

「おたくにゃ、ずいぶん貢献して来たつもりだよ」

と、中里は肩をすくめ、「でも、アッサリと断られた」

「何のお金かも分らず出す所はありませんよ」

英子は厳しく言って、「移るなんておっしゃって……。多田さんは知ってるんですか?」

「いや」

「彼女はK食品から移りませんよ」

「君の知ったことか!」

と、中里は苛々《いらいら》と怒鳴った。

「多田さんが気の毒じゃありませんか。あなたのために、あれだけやって来たのに」

「君は何も知らんことにすればいいんだ!」

と、中里は言った。「さもないと、〈Gスポーツ〉のシューズは欠陥品だとでもしゃべってやるぞ」

中里の言い過ぎだった。

英子はカッとなって、

「何とでもどうぞ。信子さんに話しますよ、私」

と言い捨てて、歩いて行く。

「――待て！　おい、待ってくれ！」

中里があわてて追いかけた。「な、植田君……。冷静に話し合おう！」

「中里さんこそ、少し頭を冷やして下さい！」

英子がさらに足どりを速めたので、中里は走らなければならなかった……。


「――あれが先頭の五人ね」

と、グラウンドの客席に腰をおろした「亜由美応援団」の一人、清美が言った。

TV中継の画面が、グラウンドの大きなスクリーンに映し出されているのだ。

「多田信子だ」

と、聡子が言った。「凄《すご》くいい人ですよ」

「市原ミキか、あれが」

と、谷山は言った。「今、人気があるね」

「でも、私、多田信子の方が好き」

と、聡子は言って、「ね、ドン・ファン？　——どこ見てるの？」

ドン・ファンが見ているのは、ミニスカートでやって来ている女子大生らしい女の子たち五、六人。

「全く、もう……」

「さ、弁当を食べよう」

と、貞夫が言った。

「あなた。まだ早いわよ」

「そうか？」

「亜由美が戻ったら、一緒に食べましょ。午後の部は何があるのかしら」

運動会と間違えているのである。

「おや、亜由美さんですよ」

と、殿永が言った。

聡子はびっくりしてスクリーンへ目をやった。

「本当だ！」

亜由美が、相当へばってはいるようだが、ともかくまだ走っている。

しかも、三十人中、十五、六位というのだから……。

一緒に走っているのは、生沢範子。——こちらは結構楽しげだった。

「今、三キロ。——凄《すご》い、亜由美！　一キロだってもたないと思ってた」

聡子は唖然《あぜん》としている。

そこへ、

「失礼……」

「木下さん。もう出場する子はいませんよ」

と、谷山が言った。

「いや、しかし二人とも頑張ってくれて」

「二人？」

「それはともかく……。殿永さん」

「やあ、どうも」

と、殿永が肯《うなず》いて、「さっきから気付いてましたがね」

「ちょっと来てもらえませんか」

木下の表情は、真剣だった。

「お知り合い？」

と、聡子が訊《き》く。

「以前にね」

殿永は立ち上って、「何かあったんですね」

「ええ、ちょっと……。ともかくこっちへ――」

聡子は、殿永と木下、二人の大きな体が階段へと向うのを見て、

「何か変だわ」

と言った。「ね、先生」

「――まさか、本当に？」

谷山はためらったが、「行ってみよう」

と、立ち上った。

聡子、谷山、ドン・ファンの三人が席を立って、殿永たちについて行った――。

――そこは、更衣室の前の小さなロビーだった。

「この人は、植田英子です」

と、木下が言っていた。「〈Gスポーツ〉の社員で、選手にも信頼されてる人です」

床に倒れたその女性は、どう見ても生きているとは見えなかった。

「――絞殺だな」

と、殿永はかがみ込んで言った。「警察へは？」

「いや……。ともかく、マラソンが終るまで伏せておいてもらえませんか。騒ぎになると
――」

「いいでしょう。しかし、殺人事件というものには犯人がいる。分るでしょう？」

「むろんです。でも、今殺人が起ったなんて知ったらパニックが……」

木下としては、せっかくのイベントが、という気持だろう。

「その代り、すぐ一一〇番！」

「分りました……。何てことだ！」

と、木下が駆けて行く。

「殿永さん……」

聡子が顔を出した。

「やっぱりですよ」

「やれやれ」

と、谷山が死体を見下ろして、「ともかく、亜由美がここにいないのがふしぎってとこですね」

「ワン」

と、ドン・ファンがひと声鳴いたのだった。

6　走るニュース

人間、疲れてくると、恥ずかしいとか、みっともないとか、そんなことはどうでも良くなる。

逆に言えば、

「まだここでやめちゃ、いくら何でもカッコ悪いわ」

と考える余裕のある内は大丈夫、ということである。

「もう……だ……め……だ」

と、亜由美は言った。

言葉がやたら途切れているのは、間ごとに呼吸しているからで、心臓の方は、「死にそう」ってとこまでいってないにせよ、足が時々もつれて、転びそうになる。しかし、普段の運動不足を考えれば、これだけ走れるのが我ながら驚異である。

これは、やはり朝、遅刻しそうになって、必死で駅まで走っているおかげかもしれない。

人間、何が役に立つか、分らないもんだわ、などと亜由美は呑気《のんき》なことを考えていた。

「もう少し頑張りましょう！」

と言ったのは、ずっと一緒に走っている生沢範子。

生沢範子も、顔を真赤にしているが、それでも亜由美よりもちそうである。

この人、本当に走れないの？　おかしいじゃないの！

心の中で文句を言いつつ、それでも自分だってこれだけ走っていられるんだから、と考えれば、そうふしぎでもない。

「もうどれくらい走った？」

と、亜由美は言った。

「さっき十キロを過ぎましたよ」

「十キロ？」

「凄《すご》いじゃないですか、塚川さん。走れないとか言って」

「そっちだって」

二人の会話は、むろん「ハアハア」という呼吸をいくつも挟みながらのことだったが、ここでは読みにくいと思うので省いてある。

でも――十キロ！

亜由美は、あとまだ三十キロもあるということより、自分が十キロも走った、ということに感動していた。

「私、グラウンド一周もやったことないのに！」

「外を走っていると、結構走れちゃうものなんですよ」

と、範子は言った。「でも、四十二キロはちょっとね」

「どうぞ、私に遠慮しないでね」

と、亜由美は言った。「――ああ、お腹空《なかす》いた！」

範子が走りながらふき出して、

「まだまだ大丈夫ですよ、塚川さん」

「今のは、無意識に出ちゃったの！」

と、亜由美は言い返した。

「ほら、ドリンク。少し飲むだけにしといた方が――」

色々な飲物を並べたテーブルが見えてくる。

「何があるの？」

「スポーツドリンクですよ、普通」

「アルコール、ない？」

「ないんじゃないですか」

亜由美は、適当に手近なのを一つつかんで、二口三口飲んだ。――なかなかいける。

「あんまり飲んでもだめですよ」

と、範子も少し飲んで、やめている。

「これ、どこに返すの？」

「セルフサービスじゃないんですから、投げときゃいいんです。その辺に落ちてるでしょ」

「投げる？　――だめよ！　ハイジがそんなこと許さないわ！」

「え？」

亜由美は、沿道で見物している人たちの方へ駆け寄って、

「これ、捨てといて下さい」

と、中年のおじさんに渡す。「〈燃えないゴミ〉の方ですよ」

呆気《あっけ》に取られているおじさんを後に、また亜由美は走り出した。

「――面白い人ですね、塚川さんって」

と、範子が言った。

「馬鹿《ばか》なの。そうはっきり言って」

「とんでもない！　常識があるって、とってもいいことですよ」

賞《ほ》められてるのかどうか……。

しかし、亜由美にはそんなことを考えている余裕などなくなった。

「亜由美！　――亜由美！」

と呼ぶ声に顔を向け、

「聡子！　何よ、ずるい！」

と、亜由美は喚《わめ》いた。

聡子が、併走する車の窓から顔を出していたのである。

「ワン」

ドン・ファンも並んで前肢《まえあし》を窓にかけ、吠《ほ》えた。

「一緒に走れって」

「でも、凄い！　じき十五キロだよ！」

「どうも……」

「ゴールしたら、亜由美の大好きなもんが待ってるからね」

「何よ？　ギョーザ？」

「安上りだね、亜由美は」

「谷山先生の月給じゃね」

「ハハ。――殺人事件」

「嘘《うそ》ばっかり！」

「ところが本当！　多田信子の靴を納めてる〈Gスポーツ〉の女の人が、更衣室の前で殺されてたのよ」

「――本当なの？　で、犯人は？」

「今、殿永さんが現場にいる。亜由美が後で聞いたら怒るだろうと思って」

「わざわざ知らせに来たの？　物好きね！」

でも、気にはなる。

あの多田信子のシューズを納めたメーカーの女性。

「植田さんのことですか？」

と、範子が言った。

むろん走りながらである。

「知ってるの？」

「今朝、グラウンドに来たとき、会いました。——凄く真面目《まじめ》そうな、いい人だったわ」

「可哀《かわい》そうにね」

と、亜由美は言った。

聡子が、

「じゃあね！」

と、手を振って、「頑張って！」

「ワン！」

「ちょっと！　聡子！　——それだけ言って、逃げちゃうの？　ひどいよ！　待て！」

亜由美が車を追いかけようとして、思わず足を速めたが、無茶なことに決っている。

「アッ！」

と、声を上げたときは、もうバランスを崩して転んでいた。

「亜由美さん！　大丈夫？」

と、範子が駆け寄って来た。

「膝《ひざ》を……」

大体、こんな格好で転べば膝を打つに決っている。左の膝頭《ひざがしら》をすりむいて、血が出ていた。

痛い……。もうだめだ。こんな馬鹿なこと、しなきゃ良かったんだわ。

亜由美は、道路に座り込んで、もう二度と立ち上れないだろうという気がした。

「出血多量で死ぬかも……」

と、亜由美は言った。「そのときは、谷山先生に、『愛してました』って伝えてね」

膝をすりむいたくらいで死ぬわけがない。

「立てる？　手当してもらわないと――」

と、範子が亜由美を抱き起し、立たせようとしていると、

「何してるんだ！」

と、怒鳴られて、亜由美も範子もギョッとした。

「あ、加山さん！」

範子の恋人、加山が駆けつけて来たのである。

「早く走れ！」

「でも――亜由美さんがけがして――」

「いちいち、けがしたランナーの面倒なんかみなくていいんだ！　これは競走なんだぞ！」

加山は、手にドリンクのボトルを一本持っていた。

「加山さん――」

「早く行け！　君もこのレースに出場してるんだぞ！　出たくても出られなかった選手が大勢いるんだ！　その人たちのためにも、走れるだけ走れ！」

「加山さん――」

と、範子は言いかけたが、「分ったわ。後はよろしく」

そう言って、範子はまた走り出した。

「――あの人、無理に出させられたんでしょ？」

と、亜由美は呆《あき》れて、「本気なの？」

「出ると言ったのは自分だ」

加山の方も、やはり短距離とはいえ、ランナーである。いざとなると頭に血が上ってしまっているのだ。

「そんなこと言っても……」

と、亜由美は文句を言いかけたが、やめた。

生沢範子だって、倒れるまで走るって気はないだろう。

「けがは？　見せて」

と、加山が、亜由美の、傷を押えていた手を外した。

「痛いの。おぶってってくれる？」

加山は、手にしていたドリンクのボトルのふたを開けると、いきなり中身を亜由美の膝の傷にドバドバとかけた。

「痛い！　何すんのよ！」

亜由美は仰天して、思わず立ち上った。「私を殺す気？」

「そんなもん、けがなんて言わない」

と、加山は冷たく言った。「さあ走れ！」

「私――」

「TVに泣き顔が映ってもいいのか！」

加山は、すっかりレースの雰囲気にはまって
しまっている。

頭に来た亜由美は、

「走りゃいいんでしょ！」

と、言い返してやった。「走ってやるわよ！　あと——たった三十キロぐらいのもんでしょ！」

「そうだ！」

「後で、憶《おぼ》えてらっしゃい！」

と言い捨てて、亜由美もまた走り出したのである……。

そのころ、先頭集団は折り返し点をとっくに通過していた。

折り返し点の少し手前から、市原ミキがじりじりと間をつめて来て、折り返し点、TVカメラの前を通り過ぎる瞬間、信子を抜いて行った。

信子の前を走っていた選手は途中でダウンしてしまっていたので、そこまで一位は信子だった。

それを、ミキは一気に抜いた。——明らかに、TVカメラの前で抜こうと待っていたのだ。

いつもなら、ミキは後半三分の二ぐらいの所でスパートする。それが今日はいやに早い。

信子も少しペースを上げたが、とてもかなわなかった。

ミキはドンドン信子との間を空けて行って、ついに視界に入らないほど離れてしまった。

信子は、とても勝てない、と諦《あきら》めた。

もう、私の時代は終ったんだ。ミキの時代が来たんだわ……。

TV画面には、今ごろミキの姿が大きく映し出されているだろう。得意げな表情で走るミキ……。想像の中に、その顔ははっきりと浮んでいた。

それでも、二位といえば、やはりTVの中継車が絶えず捉《とら》えている。頑張ろう。ともかく、精一杯走ることだ。

沿道には見物の人たちも出ている。手を振ったり、声をかけてくれる人もいる。

もちろん、たいていの人は、誰《だれ》でも通って行く選手に手を振っているだけだが、中には、

「多田、頑張れ！」

と、名前を呼んでくれる人もいた。

そのこと自体がどうというわけでなくても、素直に、期待されていることを喜ぼうと信子は思った。

「多田さん！」

と、呼ぶ声がした。

見ると、〈Gスポーツ〉の社員である。

たちまち前を素通りしてしまうと、その若い男の社員は、あわてて駆け出した。

「多田さん！　これを――」

と、何やらメモらしいものを振っている。

信子は、歩道の方に寄って、そのメモを素早く受け取った。

——何ごとだろう？

走るペースを落とさずに、メモを開いて読む。

〈植田英子が殺されました〉

目を疑った。

英子さんが？　殺された？

愕然《がくぜん》とした信子は、そのとき、前方で何かが起っているらしいことに気付いた。

7　裏工作

「どうぞ、入って下さい」

と、殿永が言うと、その男はおっかなびっくり、ドアを開けた。

「――〈Nシューズ〉の市原さんですな」

「そうです」

「かけて下さい」

市原和樹は、古びたロッカーの並んだ部屋の中を見回して、

「何の取り調べですか？」

と訊《き》いた。

「殺人事件と見られる死体が発見されましてね」

「死体？」

「〈Gスポーツ〉の植田英子さん。ご存知ですか？」

市原和樹は唖然《あぜん》とした。

「植田さんが殺された？」

「何か心当りは？」

「そんな……。知りませんよ！」

市原の言い方には、どこか不必要にむきになっているところがあった。

殿永のようなベテランの目はごまかせない。

しかし、もちろん殿永はそんな気配をおくびにも出さず、

「今日、この競技場で、植田さんに会いましたか」

と訊いた。

「ええと……。そうですね。ええ、スタートの前にチラッと」

「何か話は？」

「いや、よく憶《おぼ》えてません。こっちも妹のことで手一杯ですから」

と、市原は言った。

殿永の他に、部屋には木下がいた。

主催者側の責任者として、レースがどうなるか、気が気でない様子。

「木下さん、どうです？」

と、殿永が言った。「〈Gスポーツ〉と〈Nシューズ〉の間で、何かあったんじゃありませんか？」

「ああ……。そりゃもちろん、業界じゃ有名です」

と、木下は肯《うなず》いた。「〈Nシューズ〉は後発ですからね。こういう世界で、後発メーカーが売り込むのは凄《すご》く難しい。よほどのことがないとね」

「だからって――」

と、市原が言いかける。

「いや、植田君は良識のある人だったし、選手に不要なプレッシャーをかけるのを何よりも嫌った。だから市原ミキが急に〈Nシューズ〉の靴をはくと言っても、黙っていたんだ」

「問題があったんですか?」

「契約というわけじゃないが、覚書のようなものは交わしていたはずですよ。他のメーカーのシューズははかない、と。それを黙って破られたんだから――」

「僕は、何も知りません」

と、市原は言い張った。「妹が『大丈夫』と言うので信じただけです」

「それは妙ですな」

と、殿永が微笑《ほほえ》んで、「同じ業界にいて、いくらミキさんがそう言ったといっても、あなたが事情を知らんはずはない」

市原は、青くなったり赤くなったりしていたが、

「――確かに、知ってはいました」

と、渋々《しぶしぶ》言った。「でもね、上司からは『何が何でもうちの靴を使わせろ！』って怒鳴られて、こっちは『いやです』なんて言えますか？　これぐらいのこと、仕方ないじゃありませんか」

「しかし、内心植田さんは怒っていたでしょうな」

「そりゃまあ……」

「そこで、たまたま更衣室の前で会ったとき、口論になり……。つい、カッとなって——」

「とんでもない！」

市原は真赤になって立ち上ると、「誰がそんなことするもんか！　馬鹿なことを言わないでくれ！」

殿永は至って穏やかに、

「たとえば、の話ですよ。——ま、落ちついて」

と言った。「ちゃんとレースが終るまではグラウンドの辺りにおられますね？」

「——むろんです。妹がトップでゴールインするのを見届けないと」

「なるほど。では、何かあれば呼出しをします。耳を澄ましていて下さい」

市原はせかせかと出て行った。

「忙しい奴《やつ》だ」

と、木下が言った。「ちょっと私も失礼して……。展開が気になるので」

「どうぞ。塚川さんがまだ走っておられるかどうか、確かめておいて下さい」

と、殿永も呑気《のんき》なことを言っている。

「分りました」

木下がドアを開けると、目の前に谷山が立っていた。

「——ど、どうも」

木下があわてて出て行くと、谷山が入れ替りに入って来て、

「何か分りましたか」

「市原和樹という靴屋さんは、すぐカッとなるたちだということくらいですかな」

と、殿永は言った。「塚川さんはどうしました?」

「まだ走ってるようです。——そう頑張らなくてもいいのに」

と、腰をおろす。

「意地っ張りのところが、あの人を何度も危険から救ったのです」

「まあね……。そうそう、TV局の人間がコーチを捜し回ってましたよ」

「コーチ？　中里とかいいましたね」

「そうです。インタビューの約束があったのにいないと言って」

殿永は少し考え込んでいたが、

「――行ってみましょう。ともかく事件の後、姿を消したということだけでも問題です」

と、立ち上った。

二人が、グラウンドへ出て行くと、むくれっ放しという顔の男が腕組みをして、立っている。

「――TV局の方?」

「そうですよ」

「私は……」

と、殿永が警察手帳を見せると、

「何? 二時間ドラマのロケかい?」

谷山が、TV局の男の肩を叩《たた》いて、

「本物の刑事さんに、その言い方は失礼だと思いますがね」

と言った。

「まさか……」

と、目を丸くすると、突然、ハハハと笑って、

「いや、失礼しました! あまりにスマートな二枚目なので、本物のわけがないと思いまして!」

「それは皮肉に聞こえますが」

と、巨体の刑事は言った。「ともかく、中里コーチのインタビューのことを聞かせて下さい」

「いや、参りましたよ」

と、TV局のプロデューサーだというその男はこぼした。「レース中、市原ミキがトップに立ったら、すかさず画面に出てもらうということで、話をしてあったのに……」

「もうトップなんですか？」

「ええ、二位が多田信子ですが、もう何百メートルか離されています」

「ほう」

殿永が、掲示板の大スクリーンへ目をやると、市原ミキの姿が一杯に映し出されている。

「――ちゃんと謝礼まで前金で払ったのに……」

と、プロデューサーが口を尖《とが》らす。

「前金で？」

「そうです。――どうやら借金がかさんでいたようでね。それで、インタビューの話にも飛びついて来たんですよ」

そこへ、神田聡子とドン・ファンがやって来た。

「先生！」

「やあ、どうした？　亜由美君に会えたかい？」

「ちゃんと走ってますよ、亜由美！　あの生沢範子さんって人と一緒に。凄《すご》いなあ」

「ワン」

「ドン・ファンも賞《ほ》めてら」

と、聡子は笑った。

「中里コーチは、今どこです」

と、殿永が訊《き》くと、プロデューサーは肩をすくめて、

「知ってりゃ、首に縄つけてでも引張って来ますよ！」

「中里って、多田信子のとこのコーチでしょ！」

と、聡子が言った。「車で私たちが戻って来るとき、見ましたよ」

「ど、どこで？」

と、プロデューサーが勢い込んで訊く。

「ええと……。もう、先頭に追いつくくらいじゃないですか？　車だったから」

「車？」

「自分で運転して。——コーチだから、文句も言われなかったみたい」

「中継車に捜させよう！」

と、プロデューサーは駆け出して行く。

「何だか忙しい人ね」

と、聡子が言った。

「借金がかさんで、か……。怪しいですね」

と、谷山が言った。

「谷山先生、亜由美の影響？　口のきき方まで似て来た」

と、聡子がからかう。

「その辺のことは、K食品の人に当ってみましょう」

と、殿永が言って、一旦《いったん》戻りかけた。

そのときだった。

場内がどよめいた。——何ごとだ？

聡子が、掲示板のスクリーンへ目をやって、

「見て！」

と、叫んだ。「市原ミキが倒れてる！」

大画面には、意識を失ったのか、目を閉じてぐったりと倒れている市原ミキと、急いで駆け寄る救急隊員、そしてマスコミのカメラマンの姿が映し出されている。

「あんなに調子良く走ってたのに」

と、聡子は啞然《あぜん》として言った。

「クゥーン……」

ドン・ファンも心配そうに鳴いた。

「こんなこと、聞いてませんよ！　どうするんですか！」

男の声は、ほとんどヒステリックなほどの怯《おび》えを示していた。

声が階段の辺りに響く。

「――分ってます。――もしもし？　――ええ、そうですね」

と、やや諦《あきら》めた調子で、「でも、相手は警察ですよ。――ええ、もちろん植田英子を殺す理由はありませんからね。でも、何しろライバルメーカーだし、ミキのことはあるし……。いざとなったら、本当のことをしゃべるしかありませんよ。そうでしょう？」

市原和樹である。――人気《ひとけ》のない階段で、携帯電話を使っていた。

「――分りました。ともかく今のところは……。ええ、レースが終るまで、ここを出るなと言われてるんです」

市原は、息をついて、「じゃあ、何かあったら、またかけます。――はい」

と、電話を切った。

そして、やけ気味に、

「やれやれ……。言うだけなら何とでも言えるさ。畜生め！」

と、呟《つぶや》く。

電話をポケットへ入れ、歩き出そうとして――。

目の前に立っていたのは、加山だった。

「ああ、短距離の加山さんですね」

と、市原は営業用の笑顔になって、「〈Nシューズ〉の市原と――」

「知ってる」

と、加山は言った。

厳しい表情で、市原をにらみ、

「今、君は何と言ってた?」

「え? 聞こえましたか?」

『植田英子を殺す理由』がどうとか言わなかったか?』

「え、ええ……。言いました」

「植田英子って、〈Gスポーツ〉の? 多田さんや僕にシューズを提供してくれている……」

「ええ、そうです。でもね、〈Nシューズ〉でも、短距離用のシューズを用意してるんですよ。ぜひ今度はいてみて下さい」

加山は、しかし靴のことなど関心がなかった。

「植田さんが殺されたのか? どういうことなんだ!」

と、市原の胸ぐらをつかんだ。

「ちょっと！——落ちついて下さい！　お願いですから、カッカしないで下さい！」

「返事をしろ！」

「分りましたよ……。ええ、殺されたんです、ここの更衣室の前で」

「いつだ？」

「さあ……。知りませんよ。僕が殺したわけじゃないんですから」

市原はややふてくされている。

加山はやっと市原から手を放して、

「誰がやった？」

「今、警察が調べてますよ。——レースが始まって間もなくじゃないですか」

「何てことだ……」

加山は、やっと信じる気になったらしい。

「もちろん、僕もライバルではありましたけど、あの人のことを尊敬してました。業界の本当の意味でベテランでしたね」

加山は皮肉っぽい口調で言った。

「じゃ、どうして彼女に断らずに、ミキちゃんに君の所のシューズをはかせたんだ」

「それは——」

「ちゃんと話せば、植田君はだめとは言わなかった。そういう点、よくものの分った人だったからな」

「でも、相手は大ベテランですよ。とても、正面切って、そんなお願い、できませんよ！」

加山はなおも市原のことを信じていない風だったが、

「警察はどこに？」

「この先を左に行った小部屋です」

「分った」

と、加山が歩き出そうとすると、階段をドドッと駆け下りて来る足音が聞こえて、思わず足を止める。

ただごとでない勢いだった。

記者やカメラマンが何十人も階段を駆け下りて行く。

「――何ごとだ？」

と、加山が言うと、市原は首をかしげた。

「おい！」

加山は記者の一人を捕まえて、「何かあったのか？」

と訊いた。

「市原ミキが倒れたんだよ！」

相手は怒鳴るように言い返して駆けて行く。

「──ミキが？」

市原はよろけた。

「しっかりしろ！」

「そんな……。そんな馬鹿《ばか》なこと……」

市原は青ざめていた。「ミキ……」

「早く行って、どこで倒れたのか、確かめて来い！」

と、加山にどやしつけられて、市原はやっとの思い、という様子で、グラウンドの方へと歩いて行った。

8　ショック

多田信子は、一体何があったんだろう、と不安を隠し切れなかった。

植田英子が殺されたというだけでもショックなのに……。

何か起ったことは確かだった。前方に人だかりが見え、TVの中継車もいる。

信子は、近付くにつれ、「まさか」という思いがふくれ上ってくるのを感じた。

まさか！　ミキが？

しかし、信子より前を走っていたのはミキだけだし、あの様子は——。

そのとき、もっとショッキングなものが、信子の目に映った。——救急車だ。

サイレンが耳を刺し、信子を一気に追い抜いて行く。

ミキ……。どうしたのだろう？

そこまでの、ほんの数分がとんでもなく長く思えた。

人が集まっている。道を半ばふさぐ格好になっているので、係の人が立って、道の端の方を通れと合図を送っていた。

しかし、信子はとても素通りする気にはなれなかった。

「どうしたの?」

と、声をかける。

「突然倒れたんです!」

と、青ざめた顔で、係の男が言った。

「意識は?」

「ないみたいです」

信子は、担架に乗せられたミキが救急車へと運び込まれるのを、信じられない思いで見ていた。

「——信子、何してる!」

と、突然声が飛んで来た。

中里だ。車が停《とま》り、降りて来ると、

「早く走れ! 止るな!」

と、怒鳴った。

「でも、ミキさんが——」

「お前に何がしてやれるっていうんだ? レースだぞ! 早く行け!」

信子にも、中里の言う通りだということは分っている。しかし、すぐに走り出すには抵抗があった。

「信子——」

「行きます」

と、信子は遮って、「ちゃんと後で知らせて下さい」

「分った」

「植田さんが殺されたって、本当ですか」

信子の言葉に、中里は顔をこわばらせた。

そこへ、

「中里コーチ！　プロデューサーが、お話ししたいと言ってます。電話に出て下さい！」

と、TV中継車の中から声がかかった。

「行け」

と、中里は信子に言った。「お前は、ただ走ればいいんだ」

振り向くと、次のランナーが迫って来ている。

信子は、救急車が再びサイレンを鳴らして走り出すと、その音に追い立てられるように、レースに戻った。

ミキが倒れた！　あんなに元気そうで、張り切っていたのに。

一体何があったのだろう？

植田英子が殺され、ミキが倒れる。——とんでもないレースになったものだ。

信子は気を取り直した。

TVの中継車が、再び走り出した信子を正面から捉《とら》える。

そうだ。——今、大勢の人がTVの画面で信子を見ている。

迷っている暇はない。ひたすら走って、記録を、少しでも縮めることだ。

英子がくれたシューズは快適で、足も痛まなかった。

英子さん……。いい記録、出してみせるからね。

そう心の中で呼びかけると、信子はピッチを上げた。


「——市原ミキ選手は、途中で倒れ、意識不明の状態で、救急車で運ばれました」

アナウンスがスタジアムの中に流れると、観客席はどよめいた。

「まあ、可哀《かわい》そうに」

と、清美が言った。

「とんでもないことになりましたね」

と、谷山が客席に戻って来て言った。「殺人は起る、選手は倒れる……。木下さん、発狂するかもしれないな」

「何ごとも神の思《おぼ》し召しです」

と、塚川貞夫が言った。

「亜由美、大丈夫かしら？」

と、清美は言った。

「そろそろ音を上げると思うんですが」

と、谷山は妙な期待をしていた。

清美は、少し考えていたが、

「──ねえ、救急車に乗せてもらって戻って来れば早いわね。ゴールの近くで降ろしてもらって。楽だわ」

とんでもないことを言っている。

「──一体どうなってるの？」

と、聡子とドン・ファンも席へ戻って来た。

「ともかく、亜由美は殺されてないようよ。──お弁当食べる？」

清美は呑気《のんき》なものである。

「人は運命に逆らうことはできんのだ」

と、貞夫が言った。「亜由美がビリになっても、それは神のご意志だ」

「あ、亜由美！」

と、聡子がスクリーンを指さした。

〈折り返し地点〉を、亜由美と生沢範子が仲良く通過するところだった。

「——亜由美の後ろにも選手がいる！」

と、聡子は信じられない、という様子で、「へえ……。あの人たち、ショックだろうなあ、亜由美に負けたら」

「それは言える」

と、谷山が肯《うなず》いた。「ま、ゴールまではもたないさ」

「でも、頑張れ、亜由美！」

スクリーンに向って叫んでも聞こえるわけはないが……。

ともかくドン・ファンも一緒になって、

「ワン！」

と、力強く吠《ほ》えたのだった。

「——木下さん」

と、呼ばれて、S新聞の木下は苛々《いらいら》と振り向いて、

「今、忙しいんだ！」

と怒鳴ったが、「——ああ、奥さん」

中里コーチの妻、知香である。

「良かったわ。知ってる方がいなくて」

と、知香はグラウンドを見渡して、「あの……主人は?」

「中里さんは、車で選手の所へ行ってます。市原ミキが倒れましてね」

「知ってます。見てました」

と、知香はスクリーンの方へ目をやって、「同情する気にはなれません。主人のことを誘惑して」

「奥さん……」

木下は周囲を見回して、「こんな所で……。マスコミに聞かれたら厄介ですよ」

「困るのはあの人で、私じゃないわ」

と、知香は素直に言った。「今、信子さんがトップ?」

「ええ。市原ミキが断然引き離してたんですがね」

木下は、知香を見て、「しかし……ご主人は、多田信子とも……」

「ええ」

と、知香は肯いた。「でも、それは主人の方が悪かったと思います」

「多田君は被害者だと?」

「少なくとも、信子さんは私に対して申しわけないと思ってくれましたわ。でも、あの市原ミキは――」

「しっ」

と、木下が急いで声をひそめ、「ミキの兄です」

知香は、何だかぼんやりと歩いて来る市原を見ていた。

「木下さん……。妹がご迷惑かけて」

「いや、そんなことより、どんな具合だって？」

「今、検査を受けてます。とりあえず、意識はないが、すぐ命にかかわるということじゃないそうです」

「そりゃ、不幸中の幸いだね。――中里コーチの奥さんだ」

「どうも……」

と、市原は会釈した。「〈Nシューズ〉の市原です」

「市原さん？　じゃ、ミキさんの――」

「兄です」

市原は、早々に行ってしまった。

知香は少しの間、何か考え込んでいたが、

「失礼します」

と木下に向ってひと言言って、市原の後を追って行った。

――階段に響く足音で、市原は足を止めて、振り返った。

「奥さん。何か僕にご用ですか」

市原の声には、表情がなかった。

「市原さん。私の主人とミキさんのこと、ご存知ね」

と、知香が言った。「そりゃそうよね、二人の泊るホテルだって、あなたが予約してるんですものね」

「奥さん……。謝れとおっしゃるなら謝ります。でも、今は勘弁して下さい」

市原は、真剣な顔で言った。「妹が入院して、どうなるか分らないんです」

「ええ、知ってるわ」

「そりゃ、奥さんから見れば、ミキがご主人を奪ったようで、腹が立つでしょうけどね。でも、お互い大人同士です。責めるのなら、ご主人の方も責めて下さい」

市原の声は少し上ずっていた。「うちの社の経費で、呑《の》み食いや、ホテル代まで。払うから悪いと言われりゃその通りですが」

「私、そんなこと言ってないわ」

と、知香は言った。

「じゃ、何です？」

「主人の女ぐせの悪いのは、大学の教師のころから。よく陸上部の女子学生に手を出してたものよ」

と、知香は言った。「でもね、私があなたに訊《き》きたいのは――」

「何です？　早く言って下さい」

と、市原は苛々している。

「私、主人を尾行したり、見張ったり、何度かしたの。ずいぶん探偵業も上達しましたよ。――ホテルで、主人は何か急用ができて、帰ってしまったことがある。バーで飲んでてね。私、ミキさんの顔をよく知らなかったので、しっかり見ておこうと思ったの。待ってると、バーからミキさんが出て来た。あなたも一緒にね」

「そりゃ、送っていきますしね」

「でも、あなたは送っていかなかったわ」

「どういう意味です？」

「私、見てたのよ、あなたがミキさんと、しっかり肩を抱いて、エレベーターへ乗るところを。エレベーターは上に行くところだった。他にお客がいないと思っていたんでしょうね。扉が閉る寸前、私は見てたのよ。あなたとミキさんがしっかり抱き合ってキスするのをね」

市原は青ざめた。

「あれは、どう見ても男と女。恋人同士のキスだわ。本当に兄と妹だったら、ああはしないでしょ」

市原はじっと知香を見つめていたが、

「――まあ、確かに」

と、不意に投げやりな口調になって、「だからどうだっていうんです？　ミキと私は夫婦ですよ」

「奥さん？　じゃあ――奥さんがうちの主人と泊るのを――」

「平気じゃありません。平気なわけはないでしょう？　でもね、そんなこと言っちゃいられないんです。何としても、中里コーチに、うちのシューズを認めてもらわないとね」

市原は、冷ややかに笑った。「あんたなんかに、何が分るんだ？　俺《おれ》たち営業の人間はね、自分の身を削らなきゃ、やっていけないのさ」

「馬鹿《ばか》げてるわ！」

「もちろんさ。馬鹿げてる。だがね、ミキにとっちゃ、多田さんを徹底的にやっつけておいて、それからK食品をコーチと一緒に出る。――それが夢だったんですよ」

「そういうことなの。でも、私は主人に教えてやるわ。ミキさんとあなたが、兄妹じゃなくて、夫婦だってことを」

知香は階段を上って行こうとした。

「待ちなさい！」

市原は一気に階段を駆け上り、知香の前に回った。

「――何よ」

「しゃべられてたまるかって。——俺の今までの苦労を水の泡にしようってのか?」

「どいて!」

「いやだ」

市原は、手を伸ばすと、知香をいきなりドンと突いた。

知香は、転落しかけるのを、手すりにしがみついて、何とかこらえた。

「何するの!」

「ちっとは、奥さんにも『痛み』ってもんが分ると思ってね」

市原は、階段を下りて行く。

「近寄らないで、大声出すわよ!」

「どうぞ。こんな所で叫んでも、誰《だれ》が聞くと思います?」

市原は低い声で笑って、「さて、足の一本も折ってもらいますか。首の骨でもいいですよ」

「やめて!」

「おとなしくしろ!」

市原がつかみかかろうとした。

そのとき、

「ワン!」

と、鋭いひと声。

ハッと市原が振り仰ぐと、階段の上から、茶色く長いもの――むろんドン・ファンである――が、タタッと駆け下りて来て、市原の顔めがけて飛びかかる。

「ワッ！」

思わず両手で防ごうとした市原は、体のバランスを失った。

足を踏み外したまま、階段の下まで一気に転がり落ちる。――ドン・ファンも危うく転落するところだったが、知香が手を伸ばし、ドン・ファンの後ろ肢《あし》をつかんだ。

おかげで、ペタッと貼《は》りつくような格好になって、あまりいいスタイルとは言えなかったが、ともかく転落はまぬがれたのである。

「――ドン・ファン。よくやった」

聡子が上から見下ろして、「殿永さんを呼んでくるからね！　見張ってるのよ！」

「ワン！」

体勢を立て直し、ドン・ファンは力強く吠えた。

しかし、見張るまでもなく、市原は完全にのびているようだった。

9　ゴール

もうだめだ……。

ハイ、ここでおしまい。

亜由美は、少し前を行く生沢範子へ、

「私……もう……」

と声をかけた。

「え？」

と、範子が振り向く。

「もう……もう……」

牛じゃあるまいし、というところである。

でも、それで充分に言いたいことは通用するはずだ。

「でも、亜由美さん、せっかくここまで来たのに、もったいないですよ」

と、範子が言った。

「そんな……こと……言っても……」

さすがに、亜由美のペースは極度にダウンして来て、今やほとんど歩くのと変らなくなっていた。

少なくとも、途中で棄権した選手以外は、みんな亜由美たちを抜いて行ったので、事実上、亜由美は今ビリだった。

沿道も、もう終ったと思っているのか、ほとんど人の姿はない。

「もう……やめる」

と、亜由美は歩き出した。

「でも、三分の二も来たのに」

「三分の二？」

「ええ。三十五キロをさっき過ぎたでしょ？」

「三十……五キロ？」

体重じゃないのだ。体重なら四十二キロなんか軽くいってしまうが（？）、走る距離の、キロとなると……。

「これからは、今までの五分の一ですよ。体も慣れて来て、段々楽になるし。本当ですよ」

「そう？」

「二人で、のんびり行きましょうよ」

「そうね……」

正直なところ、どうしようか、と考えるのも面倒くさかったのだ。

で、結局、亜由美はまた走り出したのだった。

走り出すと、確かに少し体が軽くなったような気がする。

「——亜由美！」

と、声がして、また聡子が車の窓から手を振っている。

「聡子……」

「頑張れ！　ここまで来たら、ゴールまでひとっ走り！」

「気楽に言うな」

と、むくれる。「——事件は？」

「市原ミキの兄貴って言ってたのが、実は亭主でさ、ドン・ファンが大活躍でコーチの奥さんの命、助けた」

この説明じゃ、何だか分るまいが、

「そりゃ良かったね」

などと亜由美は笑顔を——見せたつもりで、しかめっつらにしかならなかった。

「市原ミキさん、大丈夫ですか？」

と、範子が訊《き》いた。

「病院で診たら、心臓に欠陥があったんだって！」

と、聡子が言った。「よく今まで走ってたね」

「じゃ……」

「もう、走るのは無理だって」

「可哀《かわい》そうに……」

と、範子は言った。

私だって可哀そうよ！　——亜由美は、そう訴えたかった。

「多田さんはもうゴールしたんですか？」

と、範子が訊いた。

「とっくに」

と、聡子は肯《うなず》いた。「新記録ってわけにはいかなかったけど、良かったみたいですよ」

「ご苦労さん」

と、木下が駆けて来て、信子の肩を叩《たた》く。「いや、助かったよ！　頑張ってくれて。となんでもないレースになるところだった」

「植田さんが殺されたって、どういうことなんですか？」

と、信子は訊かずにはいられなかった。

「まあ、そのことで、刑事さんが話したいと言ってる。少し休んでからにするかい？」

「いいえ、大丈夫」

肩を冷やさないように、タオルをかけて、「案内して下さい」

と、信子は言った。

――小部屋へ入って行くと、

「ああ、おめでとうございます」

と、その太った刑事が言った。

「ありがとうございます。でも――」

「植田英子さんと親しかったそうですね」

「はい」

と、信子は肯いた。

「お疲れでしょう。かけて下さい」

信子は椅子《いす》に腰をおろすと、

「犯人は？」

「今、市原という男がやったのではないかと思われているのですがね」

「市原……。ミキさんのお兄さんですね」

「実は夫だったのです」

信子は目を丸くした。

殿永の説明に、信じられない思いで聞き入っていたが、

「——じゃ、コーチの奥様、ご無事だったんですね。良かった！」

と、息をつく。

「ところで、そのコーチですがね。今、どこにいるのか分らんのですよ」

「中里さんが？」

「一度は、市原ミキが倒れた場所にいたそうですね？」

「はい」

「ところがその後、TVのインタビューに答えて、それきり……」

「市原さんの所は、中里コーチにお金を出していたはずです」

「加山さんが——。ああ、どうも」

ドアが開いて加山が入って来た。

「加山さん。——あなたの彼女、まだ頑張ってるの？」

「うん……。信じられないよ」

「塚川さんも、走っています」

と、殿永はおっとりと言った。「あの人は、先天的名探偵でしてね」

「何ですの、それ？」

「自分では意識しない内に事件を解決してしまうという、希《まれ》な能力を持っているんです。——加山さん、ところでお話というのは……」

「ああ、実は今日、中里コーチから移籍しないかと持ちかけられ——」

「まあ、そんな話、全然知らないわ」

「うん。僕も初耳でね。断ったんだが、どうも話の様子じゃ、勝手によその会社に請け合ってるんじゃないかと思ってね」

「請け合ってる?」

「『誰と誰を連れて行く』ってさ。そうしないと、話が決らないだろ」

「そうね……。あり得るわ。コーチ、お金に困ってたみたいだから」

「もしかして、事件と係《かか》わりがあるかもしれないと思って、お話ししたんです」

と、加山は言った。

ドアが開いて、

「殿永さん!」

と、谷山が入って来た。

「どうかしましたか」

「中里コーチがいましたよ」

「どこに?」

「ちょっと来て下さい」

――殿永が急いで出て行くと、信子と加山もついて行った。

谷山は、グラウンドへ出ると、

「ほら」

と、掲示板の大スクリーンを指さした。

「――まあ」

と、信子が言った。

スタジアムの観客たちが、ほとんど席を立っていなかった。

選手が次々にゴールインして、普通なら、みんな腰を上げるところだ。

しかし――スクリーンには、最後の二人、亜由美と生沢範子の走る姿が映し出されているのである。

「最後に残りました、この二人。塚川亜由美と生沢範子という、無名の二人のランナーは、諦《あきら》めることなく、最後の力を振り絞って走っております！」

力強いアナウンスが流れ、観客もじっとスクリーンを見つめている。

「――そして、あの二人について励ましているのは、中里コーチであります！」

中里が、車から声援を送っている。

「あんな所にいたんですな」

と、殿永は言った。

「でも……凄《すご》いわ」

と、信子は唖然《あぜん》として、「走ったことのない人が……」

アーッという声が一斉に上った。

亜由美が転んだのだ。


「――亜由美さん！」

範子が駆け戻って来た。

亜由美は、ハアハアと喘《あえ》ぎつつ、両手を突いて起き上った。

「行って！」

「もうやめましょ。ね？　ごめんなさい。私が無理させちゃったから……」

と、範子が亜由美の腕を取る。「ここから中里さんの車で――」

「走る」

「でも――」

と、亜由美は言った。

「あと、たった五、六キロでしょ」

「よし！」

中里が車から降りて来ると、「君は行け。レースはまだ終ってない」

と、範子へ言った。

「でも……」

「さ、行け！　少しでも早くゴールへ入るんだ」

中里は、亜由美の方へ、「けがはしてないな。――よし、走れるかね？」

亜由美は肯《うなず》いた。

範子が走り出す。


グラウンドに立ってスクリーンを見上げていた信子は、

「加山さん……」

と言った。

「うん」

言いたいことは、分っていた。

「あの人……初めてじゃないわよ」

「そうだな」

加山は、首を振って、「ショックだ」

「でも――」

「嘘《うそ》をついたんだ、僕に」

「言いにくかったのよ」

加山は、黙ってスクリーンを見上げている。

また観客がどよめいた。そして、次にワーッという歓声と拍手が大波のように盛り上った。

亜由美が走り出したのだ。そして、並んで中里も走り出したのである。

「――よし、そのリズムで」

と、中里が言った。

亜由美は、正直に言うと少しずつ体の方は楽になって来ていた。

ただ、足が思うように上らないことがあるので、つまずいて転びそうになるのである。

「大したもんだ。――いや、脱帽だよ」

と、中里は言った。

「どうも……」

「木下君に頼まれたんだろ?」

「ええ」

「しかし、こんなに走れるとはね。――君も思ってなかったんじゃないかね?」

「そうですね」

亜由美は笑みすら浮かべる余裕があった。

生沢範子は何十メートルか先に行っている。

「あの足は走ったことのある足だ」

と、中里が言った。

「そうですね。――きっと、わざと加山さんに近付いたんですね」

中里は亜由美を見て、

「何のことだね？」

「加山って人を引き抜くために。――走らなきゃ、分らなかったのに」

中里は、少しの間無言で亜由美を見ていたが、

「――君の言う通りだ」

と、走りながら言った。「そこ、穴があるよ！　気を付けて。――走るってことは、単純だ。それだけに、正直に人間が出てしまうものなんだよ」

「あなたも？」

中里は、亜由美の言葉に苦笑して、

「かもしれない。しかし、正直なんてものがもう俺とは無縁かもしれないよ」

と言った。「――さ、あと三キロだ。頑張れ！」

TVの中継車が、トップの選手並みに、亜由美を捉《とら》えている。

「――そんなことありませんよ」

と、亜由美は言った。「私と一緒に走ってるじゃありませんか。そんな正直なことって
ないですよ」

中里は、じっと前方を見て走っていた。

「――気持いいですか」

と、亜由美は言った。「損得も名誉も、何もないのに、こうして一緒に走ってる、って、
気持いいですか」

「――ああ」

と、中里が肯く。「選手たちにやかましいことは言うけど、自分でやってみることはほ
とんどない。それが楽しい、趣味としての走りなんて……何年ぶりかな」

「でも忘れてないんですから」

「うん……」

「頑張って！　忘れないように」

亜由美の言葉に、中里は何と言っていいか、分らない様子だった……。

「今、スタジアムへ入って来ます！　最後のランナー、塚川亜由美、堂々のゴール！」

亜由美がスタジアムの中へ入って行くと、ワーッという大歓声が上った。
いやだ、恥ずかしい。
亜由美は、大げさなアナウンスが恥ずかしくて、逃げるように足を速めた。
「——ラストスパート！　疲れきった足で、ラストスパートであります！」
大げさなのよ！　もう！
亜由美はグラウンドを一周した。
ゴールのテープ。わざわざ、張って待っててくれている。
範子が先に着いて、一緒に拍手していた。
聡子とドン・ファン、両親と谷山……。
みんながゴールの所で待っている。
やめてよ、みっともない！
亜由美は、ゴールした。
拍手と口笛。——スタジアムは今日の一番の興奮に包まれていた。
中里が少し後から駆けて来て、
「よくやったよ」
と、亜由美の肩を叩《たた》いた。「すぐ寝ないで、少し歩き回って。いいね」
「ええ……」

信子がやって来て、

「すばらしいわ！」

と、亜由美と握手した。

中里は、信子と並んで、亜由美を見送っていたが、

「——信子」

「コーチ。すてきでしたよ」

と、信子は言った。「走るのを、久しぶりに見ました」

木下が笑顔でやって来ると、

「中里さん！　良かった！　今日のイベントのしめくくりに、最高のプレゼントだ」

中里は、少し寂しげに、

「俺《おれ》は、そんな資格のない男だ」

と言った。

「中里さん……」

「木下さん。あんたもだ。今、道を誤ると、後はどんどん泥沼の中へはまっていく。俺の借金と同じにね」

「コーチ、それって——」

「二人で、警察の人に話そう」

「コーチ！」

「植田君と言い争った。バクチの借金がかさんでたんだ」

　と、中里は言った。

「じゃ、コーチが？」

「俺は……彼女が信子にしゃべると言ったので、カッとして首をしめようと手をかけた。だが……できなかった」

　中里は、ため息をついた。「そこへ、木下さんがやって来た。ともかく、この大会を成功させなきゃならなかった木下さんは、植田君を止めようとして……」

　中里は首を振って、

「許してくれ。俺が彼女を怒らせなきゃ、こんなことには……」

「いや、私もどうかしてた。却《かえ》って会を台なしにすることぐらい、分ってるのに」

　と、木下は言った。

「行こう。よく事情を話して、すべて打ち明ければ……きっと……」

　中里が木下の肩に手をかけて、歩いて行った。

　信子は、その後ろ姿に、どこか爽《さわ》やかなものを感じた……。

エピローグ

病室のドアを開けると、市原ミキがベッドで毛布を顔までかぶってしまった。

多田信子は、果物のカゴをテーブルに置くと、

「ミキさん。——すねないで。誰《だれ》だって、病気ぐらいするのよ」

ミキはそっと目だけ出して、

「私のこと、笑ってるくせに」

と言った。

「私が？　どうして？」

「私が勝ってたのよ。私が一位になるはずだったのよ」

「分ってるわ」

と、信子は言った。「でもね、私のことだって、みんなすぐ忘れるわ。あの大会じゃ、何といっても塚川さんのラストが、一番人気！」

「ざまみろ」

と、ミキは言った。

信子は笑った。

「――ご主人は、会社を移るんですって？」

「ええ。あんなことがあっちゃ……。妹だって通してたのに」

「初めに嘘《うそ》をつくと、ずっと嘘をつき続けなきゃいけなくなるのよ」

信子は、果物のカゴを開けて、「何か食べる？」

「どうでも……」

「リンゴでもむこうか」

「リンゴの皮、むける？」

「むけるわよ！」

信子は、果物ナイフを出して来て、リンゴの皮をむき始めた。

「――どう？」

「下手くそ。皮の厚さが一センチもあるじゃないの！」

ミキは、そう言って、「――ありがとう、信子さん」

「え？」

「一回しか言わない！」

そう言って、ミキはパッと信子に背中を向けてしまった。

「生きてる？」

と、聡子が言った。

「何とか……」

こちらは自宅のベッドで静養中の亜由美である。

「今日は殿永さんも一緒よ」

「あら」

「やあ、元気そうですな」

と、殿永がニコニコと入って来る。

「ちっとも。死にそうです」

「退屈で、でしょ？」

「病人を笑いに来たんですか？」

「いや、あなたの無心の努力が、犯人に自首を決意させたのですからな」

「そんなの、私の手柄じゃないわ」

「ワン」

ベッドの下から、ドン・ファンが這《は》い出て来る。

「ドン・ファンも活躍したもんね」

と、亜由美は手を伸ばして、ドン・ファンの頭をなでた。

「多田信子は当分K食品に残るんでしょ？」

と、聡子が訊《き》いた。

「ええ。中里は辞めましたのでね。当面、信子さん自身がやってみたいということもあるんでしょう。コーチを兼ねるそうですよ」

「良かったわ」

亜由美は、伸びをして、「もう起きよう、足は痛いけど、寝てても治んないしね」

「何か食べる？」

と、聡子が訊くと、

「うん……」

と、少し考えてから、「この辺、ひとっ走りして来ようかな」

聡子と殿永は、思わず顔を見合せたのだった……。

加山は、ハッ、ハッと短く息を切りながら、いつもの夜道を走っていた。

タッタッと夜の中、自分の足音が広がっていく。

すると――もう一つの足音が近付いて来て並んだ。

「一緒に走ってもいい？」

と、範子は言った。

「ここは公道だからね、誰《だれ》でも走っていいんですよ」

と、加山は言った。

「そう怒らないで」

と、範子は言った。

「あの引ったくりもお芝居?」

「違うわ!　――ともかく、あなたと知り合いにならなきゃいけなかったの。まさか引ったくりに遭うなんて、分るわけないじゃないの」

「ま、どうでもいい。先に行くよ」

タタッと、加山はたちまち先へ行ってしまう。何しろ百メートルの選手だ。

「待ってよ!」

範子は必死で追いかけ、「――私、あなたを〈S食品〉へ引き抜いてくれと頼まれてたの」

「じゃ、やってみろよ」

「もうやめたの」

「じゃ、どうする?」

「断ったの。――今のままのあなたが一番すてき」

「おだててもだめ」

「本当よ!」

範子は、口を尖《とが》らしていたが、「――じゃ、一緒に走れたら、許してくれる？」

「全力疾走で？」

「うん」

「よし。――じゃ、ついて来い！」

加山が一気にスパートして、範子が必死で追ったが、とても追いつけない。

「アッ！」

と、範子は声を上げて転んだ。

「――大丈夫か！」

加山が駆け戻ると、

「へへ……」

と、範子が顔を上げ、「心配してくれるんだ！」

加山は笑い出してしまった。

「よし。それじゃ、次は――」

「今度は？」

「結婚のゴールに向って行こう」

加山がヒョイと範子を抱き上げると、範子は思い切り加山にキスした。

――夜道で良かった。

解説

黒山ひろ美

スカイパーフェクTV「ミステリチャンネル」のレポーターを務めていることから、このところ内外のミステリ小説に接する機会が格段に多くなりました。そのおかげで今では、おこがましくも自称ミステリファンを名乗っております。そのうえ今度は、素人のくせに大好きな赤川さんの解説まで……本当に図々しくてすいません（苦笑）。これもミステリへの愛のなせる業とお考えいただいて、ご海容のほどよろしくお願いいたします。

振り返ってみると、私がミステリを好きになったきっかけは、多くの皆さんと同じように赤川次郎さんの作品でした。私にとってミステリとの出会いは、そのまま赤川次郎さんとの出会いでもあります。ちなみに私が赤川作品とはじめて出会ったのは、十二歳のときでした。作品は忘れもしない、かの名作『三毛猫ホームズの推理』（!）です。

だけど私が赤川ファンになった最大の理由は、（意外に思われるでしょうけど）赤川ミステリの群を抜く面白さに魅了されたから――ではありませんでした。もちろんそれも非常に大きな理由のひとつには違いないのですが、それ以上に当時の私は、作品のなかで描かれる「日常生活」そのものに、強く惹《ひ》かれていたのです。

それというのも、私がいわゆる帰国子女だからに他なりません。幼少期や青春時代を日本の裏側にあるブラジルで過ごした私にとって、当時、赤川さんの作品は日本の「日常生活」を垣間見《かいまみ》る重要な手段でした。今でこそ、衛星技術の進歩のおかげで日本のテレビ番組をリアルタイムで鑑賞したり、インターネットを駆使して日本の情報を簡単に入手したりできますが、少し前までそれは、皆さんが想像する以上に容易なことではありませんでした。

ブラジル——特にサンパウロにおける日本人社会は、けして小さいものではありません。その昔、豊かな暮らしを夢見て、日本からたくさんの人たちがブラジルに移民してきました。企業の進出にともない日本から赴任してくる人々、およびその家族も含めると、日本人の数はサンパウロ市内だけでおよそ百万人にものぼります。サンパウロにある日本人街では、焼き鳥を食べることも、お豆腐や納豆を手に入れることも可能です。そんな「異国のなかの小さな日本」で育った私は、当然のことながら、祖国である日本に対し、強い憧《あこが》れを抱いていました。

といっても、日本人向けの新聞に掲載されている日本の政治や経済に、関心があったわけではありません。思春期の私が求めていたのは、まさに赤川次郎さんの作品の中に描写されているような、日本の日常生活に関する情報でした。日本のOLや学生の暮らしぶり。あるいは喫茶店のメニューやそこで交わされる恋人たちの会話。人々はどこへ遊びに行き、何を食べ、どんな家に住んでいるのか……。そんなことが、遠くブラジルで暮らす私にとって、もっとも重大な関心事だったのです。

先ほども言いましたが、当時のブラジルでは、日本の一般の人々が普段どういう生活を送っているのかを知る機会は、非常に限られていました。物心つく前に日本を離れた私のような子供たちは、そういう情報に飢えていたと言っても過言ではありません。

だからこそ、たまに手に入る赤川次郎さんの本に、私は夢中になったのです。

日本では、赤川次郎さんほど作品を入手しやすい作家はいないでしょう。たとえどんな小さな書店でも、文庫本を扱っているところなら必ず置いてあるはずです。

ところが、ブラジルともなると事情はまったく異なります。日本の書物を扱っている専門店は、当時サンパウロ市内に二店か三店で、あとは日本の食料品を扱うお店の隅に、日本の雑誌や書籍が少し置いてある程度でした。たまたま赤川さんの本が置いてあったとしても、値段は日本の三倍から五倍もしました。子供にはなかなか手の届かない金額です。

幸いなことにうちの両親は、本に関しては気前が良く（おもちゃに関してはケチでしたけど）、頼めばたいていの本は買ってくれました。それでも贅沢品《ぜいたくひん》には変わりありません。

買い集めた赤川さんの文庫本一冊一冊に、お手製のブックカバーをかけて大切に扱っていたのを憶《おぼ》えています。
一年を通して気温が十度以下に下がることのない温暖な気候と、ラテン独特ののんびりした風土のなかで育った私は、たとえば次のような描写でさえ、わくわく、どきどきさせられたものです。

二間の、小さな部屋の中には、コーヒーの匂《にお》いが漂って、いかにも朝である。
表は、少し陽《ひ》が射し始めた。今日は暖かくなるかもしれない。
もう春——四月なのだから。
（『明日を殺さないで』より）

さて、そんな私が女子大生探偵・塚川亜由美の楽しげな日常生活が生き生きと描かれた〈花嫁〉シリーズを気に入っていたのは、言うまでもありません。家庭教師のアルバイト、学校帰りに立ち寄るバーやカフェテリアでのおしゃべりなど、亜由美の生活は中学生の私が夢見る大人の世界そのものでした。そんな賑《にぎ》やかで華やかな世界を味わいたくて、シリーズの新作が入荷するのをいつも心待ちにしていたものです。〈花嫁〉シリーズ以外にも、天才猫と気の弱い片山刑事のコンビが難事件に挑む〈三毛猫ホームズ〉シリーズや、魅力的な三姉妹がそれぞれの個性を生かして活躍する〈三姉妹探偵団〉シリーズなど、当時夢中で読んだ記憶があります。大好きなキャラクターに毎回会える——そんなシリーズ物な

本書『ゴールした花嫁』は〈花嫁〉シリーズの十作目にあたります。内容をご紹介する前に、私にとって思い入れの強いこのシリーズの魅力について、少し触れておきましょう。

主人公は今のところ結婚には縁遠い十九歳の女子大生・塚川亜由美。シリーズの愛読者はご存知のように、溢《あふ》れんばかりの好奇心と、男勝りの行動力、そして一歩も引かない正義感で、殺人事件をばったばったと解決する魅力的な女の子です。でも、おっちょこちょいであわてん坊なのが玉に瑕《きず》(笑)。その亜由美探偵の助手となるのが、愛犬のドン・ファンです。うれしいことに《三毛猫ホームズ》同様、ここにも頼りになる動物が登場します。ただしこのドン・ファン、優雅で上品な体つきときりっとした顔立ちを持つホームズと違って、胴長短足が特徴のダックスフント。しかも可愛《かわい》い女の子と見れば、やたらスカートの中に潜りたがるおちゃめな(?)犬です。他にもこのシリーズには、亜由美の同級生の神田聡子や相談役でもある殿永部長刑事、アニメを観ながら泣くのが趣味の父親やそのとぼけた雰囲気が妙に味のある母親といった、個性的かつ魅力的な脇役陣《わきやくじん》が毎回登場し、シリーズならではの面白さを堪能させてくれます。

なかでもとりわけ魅了させられるのは、塚川一家のやりとりです。いつもお互いをちゃかしあってばかりいる楽しい家族ですが、その根底には揺るぎない家族の絆《きずな》が感じられます。ブラジルに住む家族と離れ離れに暮らす私にとって、忘れていた家族の温かさを、ちょっぴり思い出させてくれる一家だったりします。

それにしても、赤川次郎さんの観察力の鋭さには、毎度のことながらドキッとさせられます。


ここは塚川家の二階、亜由美の部屋。親友の神田聡子は年中ここへ入りびたっている。十九歳のうら若き女子大生が、いつもこうしてゴロゴロしているというのは、いかに二人がもてないかの証明でもある。


この文章を読んで、自分の学生時代を思い起こさずにはいられませんでした――不本意ながら（笑）。登場人物を身近に感じさせるこうしたディテールもまた、赤川次郎作品の魅力ではないでしょうか。

今回ははたしてどんなお話が展開するのか、首を長くして待ちわびているファンも少なくないと思います。少し詳しく内容を紹介しましょう。

「花嫁の卒業論文」ではレギュラー陣に加えて、亜由美の大学の先輩である倉本そのみが、お嬢さまらしいマイペースぶりを発揮して読者を大いに楽しませてくれます。物語の舞台となるのは、十五年前に三十五歳の若さで亡くなった小説家・岬信介の故郷であるK温泉です。その岬を卒業論文のテーマに選んだそのみは、亜由美、神田聡子、そしてドン・ファンと共にK温泉へ取材旅行にやってきます。そこで岬の死に疑問を持った亜由美は、持ち前の行動力と機転で、過去の真相の解明に乗り出す、というのがストーリーの骨子です。過去と現在が交錯した巧みなストーリー展開で、この作品も読み応《ごた》えたっぷりのミステリに仕上がっていると思います。

表題作の「ゴールした花嫁」では、スポーツがテーマとなっています。シリーズのなかでもちょっと異色の作品と言えるでしょう。ひょんなことから大手新聞社主催のフルマラソンに参加することになった亜由美。優勝候補の多田信子と市原ミキは、コーチの中里をめぐっても恋の鞘当《さやあ》てをするライバル同士でした。険悪なムードが漂う大会当日、信子を担当するシューズメーカーの女性が更衣室の前で死体となって発見されます。

「あの人は、先天的名探偵でしてね。自分では意識しないうちに事件を解決してしまうという、希《まれ》な能力を持っているんです」

殿永刑事にこう言わしめる亜由美が、いかに真相を解明するかは、読んでのお楽しみと言っておきましょう。レースと事件が同時進行するこの作品には、意外や意外——いつもユーモアたっぷりの《花嫁》シリーズには珍しく、感動的で爽《さわ》やかなクライマックスが用意されています。

「青春の夢に忠実であれ」と言ったのは、たしかドイツの詩人シラーでした。赤川次郎さんの作品を通して「日本」を夢見ていた私は、その言葉どおり、ブラジルにいる家族のもとを離れて単身日本に帰国しました。以来十年の歳月が経《た》とうとしています。

こうして大好きな赤川次郎さんの作品解説を書く機会に巡り合えたのも、何かの縁かもしれません。

日本に帰って来てよかった……。今はつくづくそう思います。

二〇〇〇年二月

本書は、一九九六年十二月、実業之日本社より刊行されたものの文庫化です。

ゴールした花《はな》嫁《よめ》

赤《あか》川《がわ》次《じ》郎《ろう》

平成12年 3月25日　初版発行
令和6年 5月15日　7版発行

発行者●山下直久

発行●株式会社KADOKAWA
〒102-8177　東京都千代田区富士見2-13-3
電話　0570-002-301（ナビダイヤル）

角川文庫 11414

印刷所●株式会社KADOKAWA
製本所●株式会社KADOKAWA

表紙画●和田三造

ISBN978-4-04-187947-4　C0193

角川文庫発刊に際して

角川源義

第二次世界大戦の敗北は、軍事力の敗北であった以上に、私たちの若い文化力の敗退であった。私たちの文化が戦争に対して如何に無力であり、単なるあだ花に過ぎなかったかを、私たちは身を以て体験し痛感した。西洋近代文化の摂取にとって、明治以後八十年の歳月は決して短かすぎたとは言えない。にもかかわらず、近代文化の伝統を確立し、自由な批判と柔軟な良識に富む文化層として自らを形成することに私たちは失敗して来た。そしてこれは、各層への文化の普及滲透を任務とする出版人の責任でもあった。

一九四五年以来、私たちは再び振出しに戻り、第一歩から踏み出すことを余儀なくされた。これは大きな不幸ではあるが、反面、これまでの混沌・未熟・歪曲の中にあった我が国の文化に秩序と確たる基礎を齎らすためには絶好の機会でもある。角川書店は、このような祖国の文化的危機にあたり、微力をも顧みず再建の礎石たるべき抱負と決意とをもって出発したが、ここに創立以来の念願を果すべく角川文庫を発刊する。これまで刊行されたあらゆる全集叢書文庫類の長所と短所とを検討し、古今東西の不朽の典籍を、良心的編集のもとに、廉価に、そして書架にふさわしい美本として、多くのひとびとに提供しようとする。しかし私たちは徒らに百科全書的な知識のジレッタントを作ることを目的とせず、あくまで祖国の文化に秩序と再建への道を示し、この文庫を角川書店の栄ある事業として、今後永久に継続発展せしめ、学芸と教養との殿堂として大成せんことを期したい。多くの読書子の愛情ある忠言と支持とによって、この希望と抱負とを完遂せしめられんことを願う。

一九四九年五月三日